gençokur

gençokur

Gençlik Dizisi: 2

yayin@semerkand.com

ISBN: 978-605-5078-71-3

Yayın Yönetmeni : Ahmet Kasım Fidan
Çocuk Yayınları Sorumlusu : Ö. Özlem Gülmez
Yazar : Ahmet Efe
Editör : Ali Sözer
Redaksiyon : İsmail Demirel
M. Cemal Ünal
Dinî Tashih : Abdulkadir Kaya
Tashih : Mehmet Günyüzlü
Resimleyen : Ahmet Alataş
Kapak : Şeyhmus Tunç
İç Tasarım : Zeynep Kocabaş
İç Düzen : Nilgün Sönmez
Yusuf Boyraz
Düzeltmeler : ZelihaTanır
Baskı : Sistem Matbaacılık
Davutpaşa Cad.
Yılanlı Ayazma Sok. No: 8
Davutpaşa/İstanbul
Tel: 0212 482 11 01
(yaygın dağıtım)

Mayıs 2014, İstanbul
3. Baskı

GENEL DAĞITIM

POZİTİF DAĞITIM **TÜRKİYE:** Eyüpsultan Mah. Esma Sokak. No.7/A Samandıra-Sancaktepe-İstanbul
Tel: 0216 564 26 26 **Faks:** 0216 564 26 36 online satış: www.semerkandpazarlama.com

EROL MEDIEN **AVRUPA** EROL Medien GmbH Kölner Str. 256 51149 Köln
Tel: 02203/3694 90 **Fax:** 02203/3694910 www.semerkandonline.de

Ahmet Efe

Çölde Kanat Sesleri

gençokur

AHMET EFE

1955 yılında Kayseri'de doğdu. Ankara İmam-Hatip Okulu ve Ankara İktisadi ve Ticari İlimler Akademisi'nden mezun oldu. Diyanet İşleri Başkanlığı ve TRT Genel Müdürlüğü'nde memur olarak çalıştı. 1983 yılında Kandil Yayınevi'nin kuruluşuna katıldı. Birçok çocuk kitabı neşretti. 1985 yılında Türkiye Yazarlar Birliği tarafından çocuk edebiyatı dalında yılın yazarı seçildi. Evli ve üç çocuk babası olan Ahmet Efe'nin şiir, hikâye ve romanları yanında minyatür çalışmaları da vardır.

İçindekiler

Nefsin Serkeş Atı 7
Geceyi Duymak 17
Oğul 27
Vahşi Kudar 37
Ebü'd-Defyan 47
Çölde Kanat Sesleri 57
Can Yusufu 65
Nil Yorgun Bir Yılandır........................73
İffet ve Asâ.....................................83
Boğulmak 91
Karınca Kalbi 102
Sabr-ı Eyyûb 109
Başka Bir Secde Yeri 119
Herodiya'nın Kızı..............................129
Göz Aydınlığı....................................139
Bel'am ile Ümeyye 149
Kundağın Dili 159
Ukâz'daki Adam 169
Allahüekber.....................................179

Nefsin Serkeş Atı

7

Hiç beklenmedik bir şey oldu ve çırılçıplak kalıverdiler... Bir an ellerini uzatmış ve meyveyi tutmuşlardı, sonra sağanak yağmurlar gibi inen hicranın, acının ve hüznün altında çılgınlar gibi koşmaya, bir yerlere kaçmaya ve gizlenmeye çalıştılar. Çıplak yerlerini yapraklarla kapatmış, lâkin yüreklerini örtecek bir örtü bulamamışlardı...

Her şey bıçakla kesilmiş gibiydi işte. Bir an, ellerini uzatıp da meyveyi tuttukları an... Gözlerini çevirip baktıklarında, en önce; göz yaşları seller gibi çağıldayan ve onlar adına ağlayan büyük yalancının, katıla katıla gülmekte olduğunu gördüler ve kahroldular. Acının bu kadarına nasıl dayanacaklardı?

Çaresiz kaçıyorlardı, nereye gideceklerini, hangi kovuğa sığınacaklarını bilemeden. Yollar geçit vermiyor, elleri ve kolları önüne geçip de geçit vermek istemeyen ağaçlara yalvarıyorlardı: "Bırakın bizi, bırakın!" diyorlardı.

Çaresiz kaçıyorlardı bostanlar içinde. Salınıp duran tûbâ dalları altından, binbir renkli güller ve çiçekler arasından ve billur pınarlar kenarından ... Hiçbirini görmüyordu gözleri. Pişmanlığın kızgın milleriydi gözlerini yakan. Solukları boğazlarına sığmıyordu.

Birden bu çılgın koşu duruverdi. Zamansız, mekânsız ve bütün cihetleri aşan bir soru ile donup kalıverdiler:

- Ey Âdem, benden mi kaçıyorsun?

Âdem nasıl kaçabilirdi ki bu sesten ve bu sesin sahibinden. O, hatasından kaçıyordu.

- Rabbim, diye inledi ... Senden kaçmıyorum. Fakat utanıyorum Rabbim!

Utanç, bütün duyguların üstüne çıkarak Hz. Âdem'in [a.s] dizlerini bükmüş, kametini eğmişti. Elini uzatmaması gereken meyveye uzatmış ve onu ısırmıştı. İşte, daha önce hiç ama hiç duymadığı utancı duymuştu o an. Edep yerleri açılmıştı ve korkunç bir utanç içinde oraya buraya koşmaya çalışmışlardı.

Âdem ve Havva bildi ki:

Sürekli bir yurttan, gelip geçici görüp göçücü bir yurda, bol nimet yurdundan, yoksulluk ve mutsuzluk yurduna, temelli bir yurttan temelsiz bir yurda gidiyorlardı. Nasıl düzelteceklerdi bu hatayı, nasıl?

Bir an, ellerini uzatıp da o meyveyi tutmasalardı; hiç susamayacak, hiç acıkmayacak, hiçbir acı duymayacaklardı. Gülşenler içinde ebedî bir huzur ve sükûn içinde, ebedî nimetlerden istediklerini tadarak ve her istediklerine kavuşarak yaşayacaklardı. Mutsuzluk nedir bilmeyeceklerdi hiç.

Ama şimdi; mutsuzluğu, utancı ve acıyı hissediyor ve bunları yüreklerinin tâ derinliklerinde duyuyorlardı. Göz yaşları yanaklarından süzülmeye başlamıştı bile. Canları, bir enîn[1] ile can olmaktan çıkıyor gibiydi.

Rabb'in sesini ve sorusunu bir kez daha duydular:

- Ben size o ağacı yasak etmedim mi? Şeytan size muhakkak apaçık bir düşmandır, demedim mi? Size, cennetten bol bol ihsanda bulunduğum ve ora-

1 İnilti (editörün notu).

dan, istediğiniz gibi yararlanmanızı helâl kıldığım nimetler yetmedi mi ki haram kılmış olduğum şeyden tattınız?

Eyvah, ne diyeceklerdi şimdi? Nasıl cevap vereceklerdi buna? Şeytanın iğvasına[2] kapılıp, yalan sözlerine kandıklarını nasıl açıklayacaklardı? Üstelik o İblîs ki göz yaşları dökerek yanlarına gelmiş, "Sizin ölmenizi istemiyorum, içinde bulunduğunuz şu nimet ve ikramlardan ayrılmanıza asla tahammül edemem. Allah adına yemin ederim ki bu yasak meyveden yerseniz burada ebedî kalır ve asla ölmezsiniz" demişti. Âh, ne kadar alçaltıcı, ne büyük bir yalandı ki bu, onlar inanmış ve kendilerini yoktan var eden Allah'ın yasağına el uzatmışlardı.

Hz. Âdem gözleri kan çanağı,

- Rabbim, diye inledi ... Evet, suç işledik. Lâkin senin izzet sıfatına yemin ederim ki bir kimsenin, yalan yere senin ismine yemin edeceğini hiç düşünmemiştim. Böyle şey olmaz sanıyordum. Ama İblîs bizi aldattı.

Yâ Rabbi! Gerçek şu ki kendimize yazık ettik. Eğer bizi bağışlamaz ve esirgemezsen, büyük zarara uğrayanlardan oluruz.

2 Yanlış yola sürükleme (editörün notu).

Âdem'in işlediği hatayı kabulü Rabb'i-nin hoşuna gitti; ama yine de ezelde murat ettiği gibi onları cennetten çıkartıp yeryüzüne gönderdi. Tabii insanlığın düşmanı İblîs'i de.

- Kiminiz kiminize düşman olarak ininiz cennetten, buyurdu.

Yeryüzünde sizin için belli bir zamana kadar durak ve yararlanacak şeyler vardır. Orada yaşayacak, orada ölecek ve yine orada dirilip çıkartılacaksınız.

Dünya hayatı böyle başladı Âdem ve oğulları için. Bir iğva, bir aldatmaca ve sonuçta işlenen bir hata sebebiyle.

Rabb'inin muradını bir nebze anlayabilirsen, bilirsin ki hata insan içindir ve asıl şeref hatadan dönmek, mâbud-ı hakikiye tövbe edebilmektir.

Evet, babamız Âdem gibi hatalar işleyebilir ve edep yerlerimiz açılmışçasına utançlara yuvarlanabiliriz. Bütün mutluluklarımız bitmiş, bütün gülzarlarımız solmuş olabilir. Ama sonuçta boyun bükmek, göz yaşı dökmek ve yalvarmak var ...

"Rabbim, bizi bağışla, bize acı, sen bizim Mevlâmız'sın..." demek var. Aksi hal, ancak İblîs'in halidir ki onun için kurtuluş yoktur.

İnsanlığın atası Hz. Âdem [aleyhisselâm] ilk hatayı işleyip bedelini ödemek üzere cennetten çıkarıldı ve meşakkatler dünyasına ayak bastı; ama elini alnına koyarak seneler boyunca göz yaşı döktü, bağış diledi Rabb'inden. Kuvvetli rivayetlere göre bin yıl ömür süren Hz. Âdem [aleyhisselâm] ve eşi Havva annemiz bu hatalarına karşılık iki yüzyıl ağladılar. Yine belirtildiğine göre yeryüzünde Allah korkusu sebebiyle en çok göz yaşı döken nebîlerden biri de Davud [aleyhisselâm] idi ki onun göz yaşları ve yeryüzü halkının göz yaşları bir araya toplansaydı, Âdem'in [aleyhisselâm] cennetten yeryüzüne indirildiği zaman döktüğü göz yaşına denk gelmezdi.

O, neticede rahmeti gazabını aşan Rabb'inin af ve mağfiretine nail olarak affedildi. Ama onu keder ve mutsuzluk uçurumlarına yuvarlanmasına sebep olan İblîs, intikamını oğullarıyla almaya devam etti. Nitekim Kabil, kardeşi Habil'i haksız yere öldürerek yeryüzünde ilk kanı döktü ve İblîs'in dostu oldu.

Sonra çoğaldı İblîs'in dostları ... Putlara tapan, nefislerini ilâhlaştıran ve azgınlaştıkça azgınlaşan nice insanlar, nice kavimler yaşadı yeryüzünde. Allah'ın [celle celâluhû], kalplerini hidayet nuru eriştirmediği milyonlarca cebbar gelip geçti. Tabii, onlarla mücadele eden ve her ne sebeple olursa olsun, işlediği günaha tövbe ederek Rahmân'ın affını isteyen müminler de.

Kim kazandı sonunda, sonuç ne?

Nefsini ilâhlaştırarak İblîs'in kibrine ortak olanlar mı kazandı, yoksa başını edep ve tevazu ile yere eğip, "Rabbim, beni bağışla, çünkü tövbeleri en çok kabul eden ve merhametlilerin en merhametlisi olan sensin, sen!" diyen salih kullar mı?

Toprak kucağını açmış bekliyor. Herkesi sarıp sarmalayacak ve bugün yahut yarın saltanatların tümü son bulacak.

Aslolan ahiret saltanatıdır ki oradaki tahtlar üzerine, ancak tövbe ederek salih ameller işleyenler oturabilir. Nefsin serkeş atını durdurmaya söz veriyorsan, seni de sultan yapacaklar, bilesin.

Geceyi Duymak

17

Genç adam, yerden büyükçe bir kaya parçası kopartırken göz ucuyla, az ötede derin bir uykuya dalmış olan kardeşinin güzel yüzüne baktı. İçini dolduran kıskançlık ve nefretin ateşi ummanları kaynatacak sıcaklıkta, âlemi yakıp kül edecek hararette idi.

Az ötede koyunlar, sessiz ve mahzun otluyor; akşama kadar meleşerek analarının peşinden koşan kuzucuklar bile susuyordu.

Akşam karanlığı dağın kuytularına doğru inmekte, ufuklar ince bir sis perdesi ardında kaybolup gitmekteydi. Bu ürkütücü sessizliği birden, kanat hışırtılarıyla hemen başı üstünden uçup giden iki karganın sesi bozunca, genç adam korkuya kapıldı. Sonra kargalar uzaklaştı ve koyunlar da yine birbirlerine sokularak sahiplerinin uyanmasını beklemeye başladılar.

Genç adam gürültü etmemeye çalışarak, olacaklardan habersiz kardeşinin baş ucuna kadar geldi.

Ne kadar da sakin ve huzurlu bir yüzü vardı. Sanki ona dünyanın hiçbir kötülüğü ulaşmayacak, hiçbir mutsuzluğu da uğramayacak gibiydi ... Göz kapakları inmiş, dudakları ucunda derin bir tebessüm donup kalmıştı ...

Gözlerini açıp baksa yine o masum, o sevimli bakışlarla yüzüne bakacak, "Günahım nedir ki beni öldüreceksin?" diye soracaktı. Sonra da yine o masum, o inanmış, o tertemiz gönlünden kopan nida ile,

"Allah ancak, kendisinden korkanların kurbanını kabul eder" [3] diyecekti. Âh, işte bu tavırlar, bu masumca sorulmuş sorulardı genç adamı çileden çıkartan. Damarlarında bir kan gibi dolaşan İblîs'i çıldırtıp deliye çeviren ...

Allah, ancak kendisinden korkanların kurbanını kabul edermiş. "Umurumda mı

3 Mâide 5/27.

..." diye gıcırdattı dişlerini. "Umurumda mı, benim kurbanım ister kabul olsun, ister kabul olmasın ..."

Zaten bu yüzden, tarlalar dolusu olgun başaklar dururken, elinde ufalayıp tanelerini döktüğü ancak bir avuç dolusu karamuklu, kötü, işe yaramaz başağı hem de gönülsüz olarak götürüp takdim etmişti. Ne takdime inanıyordu zaten, ne imtihana. Oysa kardeşi, hayvanların içinden en değerlisini, en semiz ve en güzelini ayırmış, büyük bir istek ve alçak gönüllülükle takdim etmişti Rabb'ine. O, Rabb'e inanıyor, O'nu seviyor ve nihayet O'ndan korkuyordu da bu yüzden böyle davranıyordu işte.

Geçen gün, karşısına geçip, "Seni öldüreceğim!" dediğinde de, *"Andolsun ki sen beni öldürmek için elini kaldırırsan, ben seni öldürmek için elimi uzatacak değilim; çünkü ben âlemlerin Rabb'i olan Allah'tan korkarım"* [4] demişti.

Nasıl bir insandı bu. Hırslardan, kötülüklerden arınmış, kıskançlık nedir bilmeyen ne garip bir insandı. Yoksa bu yüzden mi anne ve babası tarafından sonsuz bir muhabbetle seviliyor, üzerine titreniyordu? Yoksa bu yüzden mi diğer kardeşleri hep onu seviyor, ona saygı duyuyorlardı?

---

4 Mâide 5/28.

Daha fazla dayanamadı. Bu işe mutlaka bir son verecek ve elindeki kaya ile onun kafasını parçalayacak, işi bitirecekti. Habil böyle huzur içinde uyurken, Kabil'in gözüne uyku girmeyecekti, evet ... İtiraf ediyordu işte, onu ölesiye kıskanıyor, onun varlığı sebebiyle Allah'ın [celle celâluhû] uçsuz bucaksız arzı bir zindan gibi daralıyordu ...

Yüreği kapkara kin doluydu Kabil'in. Allah'ın [celle celâluhû], kardeşinin kurbanını kabul edip de kendisine değer vermediğini anladığı andan beri, hatta çok daha önceden beri ona düşmanlık beslemişti. İblîs, bu düşmanlığı öylesine körüklüyordu ki önüne kimse geçemezdi.

Elindeki koca kaya parçasını havaya kaldırdı.

"Mertlik değil bu ..." dedi içindeki cılız bir ses. "Mertlik değil bu, baksana her şeyden habersiz uyuyor ..."

İçindeki ikinci sesin şiddetiyle titredi vücudu.

"Boş ver, ne mertliği... Herkes onun daha üstün ve faziletli bir insan olduğunu kabul ederken sen nasıl huzur içinde yaşayabilirsin ki? Baksana Allah bile onun kurbanını kabul ediyor. Vur artık kayayı başına, öldür ve kurtul ondan!"

Kabil daha fazla beklemedi. Gözlerini kapayıp bütün hıncıyla taşı kardeşinin kafasına vurdu.

Akşam karanlığı içinde, o masum ve güzel yüz parçalanmış, ondan fışkıran kanlar toprağı doyurmaya başlamıştı. Bütün koyunlar meliyor, vadiyi bürüyen sessizlik korkunç uğultularla bozuluyordu.

Habil'in dudaklarındaki tebessüm, dudakları kenarından toprağa sızan kana rağmen hiç bozulmamış gibiydi ve işte Kabil'i asıl çıldırtan da buydu. Hemen kaçmaya başladı oradan. Ardına bile bakmadan, soluk soluğa, nefes nefese kaçıyordu. Nereye gideceğini, hangi kuytuya saklanacağını bilemeden.

Geceye bürünecek ve kimselere görünmeyecekti. Bir çukur bulup içine büzüldü, bütün vücudu titriyor; geceden, gecenin uğultusundan korkuyordu. Gözlerini sımsıkı örtüp geceye kapattı. Kulaklarını, parmaklarıyla tıkayıp geceyi duymamak için çabaladı durdu. Çıkan ürpertici soğuğa rağmen bütün vücudu ateşler içinde yanıyor gibiydi.

Gözleri önüne, Habil'in başına taş indiği anda, kocaman açtığı güzel ve masum gözleri geliyor, o gözlerden ve o masum bakışlardan kaçamıyordu. Çıldıracak gibiydi, kafasını topraklara gömmek, yok olup gitmek istiyordu şimdi. Habil, hiç durmadan sorular soruyordu:

"Beni ne için öldürdün?"

Cevap veremiyordu. "Cevap vermek istemiyorum" diye mırıldanıyor, "Çek gözlerini yüzümden, öyle bakıp durma bana!" diye bir kurt gibi uluyordu.

Sabahın ışıkları vadiyi aydınlatmaya başladığında, "Ne yapıyor acaba?" diyerek ayağa kalktı sığındığı çukurdan. Habil ne yapıyor acaba? Gerçekten ölmüş müydü, yoksa ayağa kalkıp eve mi gitmişti? Ölüm nasıl bir şeydi ki?

Saklanarak geldi, dün akşam Habil'in altında uyuduğu ağacın yanına. Gördü ki kardeşi, hiçbir şey anlamayan şaşkın ve korkak koyunlarının arasında hiç kıpırtısız öylece yatıyor. Güzel yüzüne sıvanan ve başı kenarında göllenen kanı pıhtılaşmış.

Peki, şimdi ne yapacak? Öylece bırakıp gidecek mi onu? Ya babası görürse, annesi ve kardeşleri görürse.

Ne yapacak Habil'i? Habil böyle açıkta, koyunlarının arasında hiç kıpırtısız yatıp duracak mı?

Birden iki karga gördü az ötesinde. Kargalar kavga ediyorlardı acımasız biçimde. Birbirlerine saldırıyor, birbirlerini gagalıyor, birbirlerinin tüylerini yoluyorlardı. Bakıp kaldı onlara. Sonra kargalardan biri diğerini öldürdü. Ama çekip gitmedi oradan. Gagası ve iki ayağıyla bir çukur kazıp öldürdüğü kargayı onun içine bıraktı ve üzerini toprakla örttü.

Kabil, başını avuçlarının arasına alıp inledi: *"Yazıklar olsun bana, şu karga kadar olamadım. Kardeşimin cesedini bile gömmeyi akıl edemedim, yazıklar olsun bana!"*[5]

Sonra toprağı tırnaklarıyla kazımaya, hiç durmadan kazımaya başladı. Alnında boncuk gibi terler birikerek, vücudu sarsılıp titreyerek ve korkunç acılar içinde hazırladığı mezara sürüdü Habil'in güzel cesedini. Üzerini toprakla doldurdu ve ebedî bir azaba doğru kaçışını sürdürmek için ayağa kalktı. Bütün katillerin günahlarının bir mislini omuzuna yükleyerek nereye kadar kaçabilirdi ki Kabil? Ânın hikâyecisi, tıpkı babası Âdem gibi. "Kabil'e lânet olsun!" demekten kendini alamadı bir türlü. Kabil'e lânet olsun. Bütün zalimlere ve kâfirlere de ...

5 Mâide 5/31.

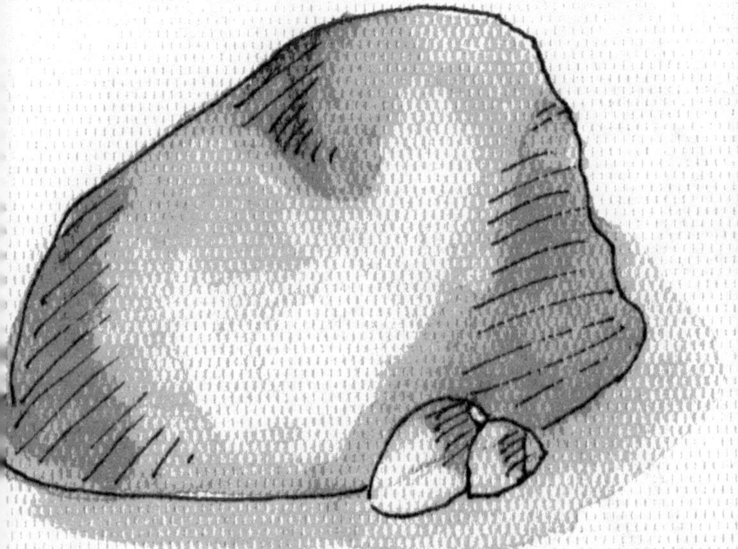

Oğul

Bir kuş böyle vurulur, bir ceylan böyle yârelenir, bir gülün kalbi böyle kırılır işte dedi ânın hikâyecisi ve kalbi kırılmış yüceler yücesi bir Nebî'nin acısını nakleyledi:

Nebî, bütün arzı yutmakta olan boz-bulanık dalgalara, dağların doruklarına doğru yükselen azgın ve acımasız sulara bakıyor, "Bugün Rabbim'in gazabından kim kaçabilir ki?" diye mırıldanıyordu. Gerçekten hiç kimse kaçıp kurtulamazdı bu amansız bastıran felaket ve tufandan. Gözleri değirmen taşları gibi büyümüş insanlar, şaşkınlık ve dehşet içinde kaçıyordu dağlara doğru.

Ben, dedi ânın hikâyecisi, bu dehşeti nasıl tasvir edeyim? İçi kor alevlerle dolu bir fırından sular fışkırmaya başlamış, atların bastığı toprak delinmiş ve o deliklerden sular fışkırmaya başlamış, gökyüzü yırtılmış da o yırtıklardan sağanak yağmurlar fışkırmaya başlamıştı. Ağaçlar yıldırımlarla çarpılıyor, korkunç gürültülerle yıkılıyor, rüzgâr evlerin damlarını uçuruyordu. Anneler bebeklerini kucaklamış kaçırırken, hayvanlar da yavrularını dağların yücelerindeki kuytulara taşımaya çalışıyorlardı. Hiç kimse hızla yükselen suların bütün bir âlemi yutacağını zannetmiyor, lâkin çökmüş felaketin şokundan da kurtulamıyordu.

Ne olmuştu da bir deniz kıyısında bulunmayan, içinden büyük ırmaklar geçmeyen ve bugüne dek hiçbir sel felaketi yaşanmayan bu topraklarda dalgaları insan yutan bir derya oluşmaya başlamış, önceleri ayak bileklerine çıkan sular, sonra dizlerine, sonra göğüslerine, daha sonra başlarına kadar yükselmeye başlamıştı ...

Gökyüzünden boşalan bu suların dineceği yok muydu? Yeryüzünü delik deşik eden gözeler kapanmayacak, sular yer altına çekilmeyecek miydi? Yoksa Nuh'un [aleyhisselâm] haber verdiği felaket mi çöreklenmişti üzerlerine? Hani o, karada gemi yaparken alay edip durdukları, "Şimdi de marangoz mu oldun?" diye kahkahalar savurdukları peygamberin azabına mı uğramışlardı? Niçin tıkamışlardı kulaklarını asırlarca dinleyip durdukları tebliğ ve ikazlara? Evet, Nuh [aleyhisselâm] seneler boyu, "Geliniz" demişti. "Geliniz, Allah'tan korkarak geliniz, tapıp durduğunuz bu ağaç ve taş putların size bir faydası dokunmayacağını bilerek geliniz. Rabb'inizin azabı gelip çattığında putlarınız buna asla engel olamayacak, kaidelerinden baş aşağı devrilip sularda sürüklenmeye başlayacaklardır ..."

Kulaklarını tıkamış, alaylarını sürdürmüşlerdi onlar. Hatta içlerinde Nuh'un [aleyhisselâm] inatçı ve alaycı karısı bile vardı. Öylesine cahil bir kadındı ki o, kocasını inkârcı zalimlere göstererek, "Bu ihtiyara kulak asmayın. Zaten delinin biridir o ..." diyordu. Âh şimdi kim bilir hangi dağın tepesine doğru eteğini toplayarak kaçıyor ...

Birden, sularla birlikte yükselen büyük geminin penceresinden dışarıya bakan yüceler yücesi nebî, dalgaların sürükleyip durduğu ve azgın dalgalarla boğuşup duran oğlunu gördü! Donup kaldı öyle. Yüreğinden vurulmuş gibi ... Ciğerpâresi oğlu boğulmak üzereydi ve her şey gözleri önünde cereyan ediyordu. Bir an, onu ne kadar sevdiğini ve onu ne kadar ikaz ettiğini düşündü. Günlerce, aylarca, yıllarca yalvarmıştı ona. "Oğlum!" demişti, "Yakınları arasına girdiğin o zalim kral bile kendisini kurtaramaz Allah'ın [celle celâluhû] gazabından. Gel, iman edip, Allah'a [celle celâluhû] teslim olan müslümanlardan ol. Annenin cahilce sözlerine aldanma. Dünyanın gelip geçici zevk, eğlence ve saltanatlarına güvenme ..."

Oğlu hep alaycı nazarlarla bakmıştı suratına. "Sen ihtiyar bir delisin..." demişti. "Bizi atalarımızın taptığı putlardan vazgeçirmek mi istiyorsun? Etrafında toplananlara bir baksana, hepsi fukara takımından, güçsüz insanlar. Hiç olmazsa onları uzaklaştır yanından da seninle konuşabilelim ..."

"Oğlum!" demişti, "Allah insanların zenginliklerine değil, imanlarına bakar. Sen kabuğa takılıp kalıyorsun. Özü görmüyorsun. Bilmez misin ki kibir ancak İblîs'in şiarıdır. Büyüklük taslayıp da nefsine yazık edenlerden olma ..."

Hiçbir öğüt kabul etmiyordu oğlu. Başını çeviriyor, hatta babasının sözlerini duymamak için bazan parmaklarını kulaklarına tıkıyordu.

İşte, Allah'ın [celle celâluhû] azap kamçısı şaklamaya başlamış, zalimler güruhunu çepeçevre sarmıştı şimdi. Oğlu, sularla boğuşuyor, bir dağın tepesine erişip kurtulmak için hiç durmadan çırpınıyordu.

Hz. Nuh'un [aleyhisselâm] yâreli gönlündeki acı öylesine büyümüş, yüreği öylesine burkulmuştu ki.

"Oğlum, gemiye doğru yüz! Bizimle beraber gel, kâfirlerle birlikte olma ..." [6] diye bağırdı.

Umuyordu ki oğlunun gözleri artık gerçeği görmüştür ve artık babasının haklılığına inanmıştır. Ne var ki umduğu gibi olmadı. Yüreğine inkârın mührü vurulmuş oğlu, onun canhıraş feryat ve davetine,

"Karışma bana!" diye cevap verdi. *"Şuradaki dağa sığınır, kurtulurum ben!"* [7]

Hz. Nuh [aleyhisselâm] bu kadarını beklemiyordu:

"Yavrum ..." diye inledi. *"Bugün Allah'ın merhamet ettiklerinden başka hiç kimse kurtulmayacak!"* [8]

Daha başka sözler de söyleyecekti belki, fakat birden koca bir dalganın oğlunu çekip götürdüğünü gördü yüce Nebî. Gözleri kocaman olmuş, bakıyordu. Gözleri, kara bir ejderha gibi önüne geleni yutan dalgaların arasında oğlunu arıyordu. Oğlu yoktu. Üstelik hiçbir kara parçası da görünmüyordu ufuklarda. Uçsuz bucaksız bir derya uzanmakta ve bu

6 Hûd 11/42.
7 Hûd 11/43.
8 Hûd 11/43.

uçsuz bucaksız derya üzerinde sadece kendisi ve kendisine inanmış müminlerin bindiği gemi yüzmekteydi.

Âlem, ürpertici bir sessizlik ve korkunç bir yalnızlık içindeydi. Geminin içindekilerden başka hiç, ama hiç kimse kalmamıştı yeryüzünde. Evler, saraylar, kâşâneler[9] yoktu; hayvanlar, ağaçlar, dağlar yoktu. Taçlar, tahtlar, saltanatlar ve uğruna Allah'ın inkâr edildiği putlar yoktu.

Ve hepsinden öte yüce peygamberin ciğerpâresi oğlu yoktu!

"Rabbim!" diye inledi. *"Benim oğlum da ailemdendi. Senin, ailemi kurtaracağın hakkındaki sözün elbette doğrudur ve sen hâkimler hâkimisin ..."* [10]

Ağlıyordu Hz. Nuh [aleyhisselâm]. Gemisinin penceresi önünde acılı göz yaşları döküyor, ağlıyordu. Birden âlemlerin Rabb'i olan Allah'ın vahyini duydu:

"Ey Nuh! Oğlun katiyen senin ailenden değildir. Çünkü onun istediği salih ve doğru olmayan bir yoldur, küfür ve imansızlıktır. Bilmediğin şeyi benden isteme. Ben sana cahillerden olmamanı tavsiye ediyorum" [11]

9 Büyük görkemli saray (editörün notu).

10 Hûd 11/45.

11 Hûd 11/46.

Hz. Nuh [aleyhisselâm] şaşırmış, utanmış ve edeple bükmüştü başını. Yine göz yaşları içinde:

"Rabbim!" diye inledi. *"Bilmediğim şeyi istemekten yine sana sığınırım. Eğer beni bağışlamaz ve esirgemezsen, hüsrana düşenlerden olurum."* [12]

Allah, yüce peygamberinin tövbe ve istiğfarını kabul ettiğini vahyetti de; ancak kendine gelebildi Hz. Nuh [aleyhisselâm].

Aziz okuyucu! Sen bilmez misin ki Allah'ın hidayet etmediğine hiç kimse doğru yolu gösteremez. Yüreğine inkârın mührü vurulmuş kör ve sağırlara kimse hakkı anlatıp kabul ettiremez. Hatta bu münkirler peygamberlerin oğulları, kızları, hanımları bile olsa.

Sen bilmez misin ki yüceler yücesi Mevlâ son elçisine bile,

"Sen onların üzerine bir bekçi değilsin!" [13] buyurmuştur.

Belki aslolan usanmak ve yılmak nedir bilmeden tebliğdir, cihaddır, davettir. Hem iyiliklerle, güzelliklerle, yumuşak üsluplar ve edeplerle. Gerisi Allah'a [celle celâluhû] kalmıştır artık... O ne dilerse

12 Hûd 11/47.

13 En'âm 6/107.

onu yapar. Hiç kimse O'nun bağışladığını suçlayamaz ve hiç kimse suçladığını bağışlayamaz.

Âh, kendi küçücük cirmini âzam bilip de Rabb-i Zülcelâl'ine isyan ile tuğyana[14] dalan mütegallibeler.[15] Âkıbetinizden hiç mi korkmazsınız? Hiç mi utanıp af dilemezsiniz Rabb'inizden?

Veyl olsun, inkârının çukurunda debelenip duran insan sûretindeki İblîslere.

14 Sapkınlık (editörün notu).

15 Osmanlı ve Türkiye tarihi literatüründe mahallî ağalar ve beyler için kullanılan bir terim, Zorba ve el koyucu takımdır (editörün notu).

Vahşi Kudar

37

Attâr'ın dediği gibi o baştan ayağa fitne, serâpâ işve ve naz idi. Sarhoşça bakan yarı uykulu gözlerini görenler deli olmakta, âb-ı hayat bile onun dudaklarına susuz, ağlamaktaydı. Eline gonca alsa, gonca utanır; o salınıp yürüse ay, yüzünü utanç bulutlarıyla örtüp geriye çekilirdi.

Hâsılı göreni hayran edip, aklını başından alan bir âfet nigârdı ki Kudar, İbn Salif'i de tâ yüreğinden hançerlemiş, her emrine baş koyan bir meczup haline getirmişti.

"Eğer" dedi, "Salih'in devesini boğazlayıp öldürürsen gece benimle bir olmaya hak kazanırsın!"

İşte sadece bu kadardı sözü ve bu söz Kudar'ın kör olmuş kalp gözünü bir kanlı bıçak, bir sivri ok gibi parçalamıştı ...

Bu kadın zâhirde göz kamaştırıcı bir ay yüzlü nigâr, bâtında ise kokuşmuş bir balçık tarlasından farksızdı ... İçi mezbeleler gibi pis, gönlü taşlar gibi katı, nefsi canavarlar gibi azgın ve acımasız bir kadındı.

Öldürülmesini istediği deve bir mucizeydi ki granit bir kayanın ortasından ve Salih'in [aleyhisselâm] tek duası ile ortaya çıkmış, sonra yavrusunu doğurmuş ve bu sebeple pek çok münkirin mümin olmasını sağlamıştı ... Allah'ın [celle celâluhû] Semûd kavmine emaneti, korunması mutlak bir nimetiydi. Üstelik her iki günde bir kovalar dolusu süt vermekte, tüm Semûd'u doyurmaktaydı. Yavrusu yanında ve annesine muhtaç böylesine mübarek ve güzel bir deve boğazlanır mıydı? Yavrusunun feryadına kim dayanabilir, nur yüzlü Salih'in [aleyhisselâm] acıyla ağladığını görenler, ilâhî bir azabın soluğunu ense köklerinde hissetmezler miydi?

Kudar İbn Salif, âşığı olduğu kötü yolda olan kadının zâhir güzelliğine takılıp kalmış ve gözlerini onun güzel yüzünden ayıramazken bir lahza bütün bunları düşündü işte. Tehlikeli ve acımasızca bir işti bu. Mucize deveyi öldürmek, o mucizenin sahibi Salih'i [aleyhisselâm] incitip gücendirmek ...

Bir an ... o kötü kadın işve ve naz ile geri çekilmekte ve, "Gece benimle birlikte olmak istemez misin ey Kudar?" demekte.

Kudar, bir an kendini düşünmekte ki kırmızı suratlı, gök gözlü, kısa boylu, çirkin bir adam... Hiçbir kadının suratına bakmadığı eciş bücüş bir yaratık. Lâkin şimdi Semûd'un en güzel kadını onu yanına çağırmakta ve onu gecesine davet etmekte.

Bir an ... inkârın yüreğinde devleştiğini ve İblîs'in kahkahalar savurduğunu hissetti Kudar. Özünü bürüyen şirk, sırtlan dişlerini gıcırdatarak gönlünü kararttı. Artık önüne geçilemez bir kuduz iştahıyla zulme boyun eğdi ve kanlanmış gözlerini kötü kadının zâhir güzelliğine dikip,

"Deveyi boğazlayacağım!" dedi. "Deveyi boğazlayıp Semûd'u yalancı peygamberden kurtaracağım. Salih de kim oluyormuş? Gece onun da işini bitireceğim üstelik ..."

Kadın,

"Güzel ..." dedi, "Yanına Masda'yı, Herma'yı, Herîm'i de al. Sana yardım etsinler. İşini bitir ve devenin kanı kılıcından damlarken evime gel ..."

Kudar, fahişenin bu sözleri karşısında bir an donup kaldı. Yoksa Masda, Herma ve Herîm de mi geceyi onunla birlikte geçirecek? Bu kadarına nasıl tahammül edebilir.

"Korkma!" dedi kadın. "Her şey gönlünce olacak ..."

Kudar, "Tamam" dedi. "Ben onları bulup bu işi bitireyim ..."

Hicr'e akşam alacası çökmekte; gece, Semûd'u kuşatmaya başlamaktaydı. Uzaktan çıngırak sesleri geliyor, daha ötelerden vahşi gürültüler duyuluyordu. Belki de olacakları sezen kurtların ulumaları...

Serkeş Kudar, arkadaşlarını topladı. Dokuz kişi oldular. Semûd'un dokuz azgın ve acımasız canavarı... Yeryüzünde bozgunculuk çıkartan ve insanların ıslahı için uğraşmayan dokuz katil, dokuz hırsız, dokuz yankesici ... Altın paraları kırpıp eksilterek piyasaya süren zalim vurguncular ... Güç yetirebildikleri her yolla yeryüzünü fesada veren şerirler çetesi ...

Kudar, mucizeler mucizesi devenin, yavrusuyla yanından geçeceği kayanın altına gizlenip beklemeye başladı.

Sonra, dostu Masda'nın bir okla yaraladığı devenin üzerine atıldı ve kanlı kılıcını savurarak dizini kırdı.

Deve, yavrusunu sakındırmak için böğürerek yere yıkıldığında Kudar, fahişenin bakıp durduğunu ve kendisini teşvik ve tahrik edici bir eda içinde beklediğini gördü.

Eli kanlı vahşi Kudar; patlak, mavi gözlerini kısıp deveye saldırdı ve göğsüne vurup deveyi boğazladı.

Mucizeler mucizesi devenin yavrusu dehşetler içinde dağa doğru koşmaya başladığında Kudar, işini bitirmişti.

Hicr'i bürüyen akşam alacası bitmiş, karanlık, göz gözü görmez hale getirmişti ve kışkırtıcı fahişe de görünmez olmuştu.

Kudar ve arkadaşları fısıldaştılar:

"Salih'i de öldürelim ve Semûd'u kurtaralım!"

Nasıl da fesada verdikleri toplumu kurtarma yalanına sığınıyor, nasıl da inanmadıkları şeyleri söylüyorlardı. İblîs, nasıl da amellerini süsleyip yaldızlıyor, yollarını kesiyordu şerirler çetesinin.

Bu arada yüceler yücesi Salih [aleyhisselâm] çıkagelmez mi?

Donup kaldılar.

Allah'ın sevgili elçisi mucize devenin kırılmış bacağına, kanlanmış boğazına ve cansız bedenine bakıp ağlamaya başlamıştı.

Ne diyecek, diye merak ve korkuyla bekledi. Kudar ve adamları.

Hz. Salih [aleyhisselâm] başını yere eğmiş, gözleri yaşlı mırıldanıyordu:

"Yurdunuzda üç gün daha yaşayın ... Sonra helâk olacaksınız!"

İliklerine kadar titrediler. Oracıkta hiçbir şey yapamadıkları Salih'i [aleyhisselâm] öldürmek üzere gece yarısı, bulunduğu mescide doğru yürüdüler ama Semûd'a tanınmış üç günlük süre onlara tanınmadı. Üzerlerine yuvarlanmaya başlamış bir kayanın gürültülerini duyup kaçmaya çalıştılar ama nafile.

Kudar, âşığı olduğu o kadınla ile birlikte olacağı gece, kayaların altında kaldı, paramparça olup helâk edildi. Arkadaşları olan şerliler çetesi de ...

Ertesi gün Semûd kavminin suratı sapsarı, cuma günü kıpkırmızı, cumartesi günü kapkara kesildi. Pazar günü ise her şey birden bitti ve Hicr'e çöken tek bir sayha tarihin bu kadim kavmini dizleri üzerine yere çökertti. Hepsinin ödü patlamış, ciğerleri yarılmıştı. Taş taş üstünde kalmadı Hicr'de ...

"Sanki orada hiç oturmamışlardı.Biliniz ki Semûd kavmi gerçekten Rab'lerini inkâr ettiler.Yine bilesiniz ki Semûd kavmi Allah'ın rahmetinden uzak kılındı ..." [16]

16 Hûd 11/68.

Ebü'd-Deyfan

47

Aziz okuyucu, dedi ânın hikâyecisi, sen Ebü'd-Deyfan'ı tanır mısın? Ebü'd-Deyfan'ı, yani misafirler babası denilen yüce nebîyi.

O, Halîlullah'tı, Allah'ın dostluğuna ermiş yüceler yücesi İbrahim'di [aleyhisselâm]. Âlemlerin yüzü suyu hürmetine yaratıldığı Hz. Muhammed'in [sallallahu aleyhi vesellem] ceddi, Hz. İsmail [aleyhisselâm] ve Hz. İshak'ın [aleyhisselâm] babası, Allah'ın ateşleri dahi kendisi için gülzar eylediği, Kâbe'nin bânisi[17] Hz. İbrahim [aleyhisselâm].

Eski kitapların birinde Ebü'd-Deyfan İbrahim'in [aleyhisselâm] bir kıssasını okumuştum, diye sözlerini sürdürdü ânın hikâyecisi ve bir iftar öncesi gönül gözlerini açmış da kendisini dinleyenlere nakletti.

17 Bina eden (editörün notu).

Uçsuz bucaksız bir vadiyi dolduran sürüleri vardı İbrahim'in [aleyhisselâm]. Binlerce koyunu, koyunlara bekçilik eden yüzlerce çoban köpeği, sığırları, atları vardı.

Dostunu Nemrûd'un ateşinden kurtaran Allah, ona şimdi öylesine büyük bir zenginlik ve malına öylesine büyük bir bereket vermişti ki. O, dostunun kendinden gayrı hiçbir şey istemediğini ve kendi rızasından başka hiçbir şeye değer vermediğini ezelî ve ebedî ilmiyle biliyor, ancak bunu hem meleklerine hem de diğer kullarına göstermek istiyordu. Evet, misafirsiz sofraya oturmayan ve bu yüzden "misafirler babası" manasına gelen "Ebü'd-Deyfan" lakabı ile anılan cömertler cömerdi İbrahim [aleyhisselâm], canı ile olan imtihanı hakkıyla başarmış, bir mancınıkla ateşlerin ortasına atılırken bile Rabb'inden gayrı hiç kimseden korkmadığını ve yardım istemediğini haykırmıştı. Sonra ihtiyar yaşında kendisine bir sevgili oğul bağışlayan Rabb'i için, oğlunu bir koç gibi yanı üzere yatırıp kurban etmekten kaçınmamış, teslimiyet ve imanın ne demek olduğunu bütün âlemlere göstermişti. Canıyla, evladıyla olan bu imtihanlardan yüzünün akıyla çıktığı için Rabb'i ona; "Sözünün eri olan İbrahim, benim halilimdir" demişti. Herhalde sırada mal ile yapılacak imtihan vardı ki Hak, peygamberini zenginleştirdikçe zenginleştirmiş, vadilere sığmayan sürülere, cins atlara, kızıl tüylü develere sahip kılmıştı.

Günlerden bir gün sürülerinin başında dururken yanına eskice kıyafetler içinde bir adam geldi. Rivayet edilir ki, eskice kıyafetler içinde gelen Rûhulemîn Cebrâil'di [aleyhisselâm].

"Bu sürüler senin mi?" diye sordu Halîlullah'a.

Yüce resûl, başını çevirip baktı sürülerine. Sonra boynunu büküp,

"Hepsi Allah'ındır ..." diye cevap verdi. "Ben sadece emanetçiyim."

Cebrâil [aleyhisselâm],

"Peki" dedi, "Onları bana satar mısın?"

Hz. İbrahim [aleyhisselâm] adamın yüzüne baktı dikkatle. Demek bu kadar sürüyü alacak imkânı ve parası vardı bu adamın. Lâkin o, parayı ne yapacaktı ki? Paranın ne kıymeti vardı ki yanında?

"Bak ..." dedi. "Alışverişin şeklini değiştirelim biraz. Sen şimdi Rabb'inin ismini bir kez söyle, sürülerimin üçte birini ücretsiz vereyim sana ..."

Adam, yani melek Cebrâil (a.s),

"Lâ ilâhe illallah ..." dedi yüksek sesle.

Hz. İbrahim [aleyhisselâm] gözlerini kapadı. Yüzünde, duyduğu tevhidin sonsuz sevinci ve aydınlığı parlamıştı. Güzel dudakları aralandı:

"Haydi" dedi, "Bir kez daha söyle de sürülerin üçte ikisini bağışlayayım sana ..."

Cebrâil aleyhisselâm ikinci kez,

"Lâ ilahe illallah ..." diye seslendi.

Gönülden kopup gelen, yüreğin tâ derinliklerinden fışkıran bu ilâhî nida, Allah'ın halilini öylesine heyecanlandırmış, öylesine keyiflendirmişti ki:

"Bir kere daha söylersen hepsini sana vereceğim bunların ..." diye bağırdı. Cebrail [aleyhisselâm] yüceler yücesi resûlün asla şaka yapmadığını ve kelime-i tevhidi üçüncü kez tekrar ederse sürünün tamamını bağışlayacağını hissetmişti.

Yeniden,

"Lâ ilâhe illallah ..." dedi sonsuz bir sevinçle.

Hz. İbrahim [aleyhisselâm], tevhidin tarifsiz zevki ile titreyerek, parmaklarını sürüleri üzerinde gezdirip,

"Hepsi senin bunların ..." dedi. "Şu binlerce koyunun, şu kızıl tüylü develerin, şu sayısız hayvanlarımın hepsi senin. Bunları al, götür buradan ..."

Böyle derken, yüreğinde "Âh ..." diyordu, "Bir kez daha söylese de kendimi ona köle etsem ..."

Nihayet dayanamadı ve,

"Ey yabancı, ey güzel adam!" diye inledi. "Ne olur bu sözü bir kez daha tekrar et. Eğer kabul eder ve tevhidi dördüncü kez söylersen senin kölen olmaya razı olurum. Dilediğin kimseye satar yahut her türlü hizmetinde kullanırsın."

Cebrâil [aleyhisselâm],

"Ey İbrahim!" dedi, "Ey Allah'ın halili yüce resûl! Ben Allah'ın emriyle seni imtihana gelmiş bir elçiyim. Cebrail'im ben. Bunların hepsini al, hepsi senindir bu sürülerin..."

İbrahim [aleyhisselâm],

"Yaa ..." dedi şaşkınlık ve sevinçle. "Sen Cebrâil misin? Ey Rabbim'in yüce elçisi, ben O'ndan gayrı hiçbir şeye bir an dahi tenezzül etmem ki. Rızası ve cemâli bana yeter. Ve ben Rabbim'in yolunda bağışladığım hiçbir şeyi geri alamam. Sürülerim yoksulların sadakası olsun, hepsi, ama hepsi ..."

İşte böyle aziz kâri ...

Duydun ve görür gibi bildin ki Allah'a böyle dost olunabilir. İbrahim'i [aleyhisselâm] Halîlullah yapan iman, sevgi ve teslimiyet budur. Şimdi yüreğine eğil ve onun sesini dinle. Mal, mülk, evlat ve can sevdasına kapılmış gönlünü kınama sırası şimdi. Üç-beş kuruşluk dünyanın ardına nice koşar, nice meşakkatler çekersin.

Sûretin nakşına kapılır da nice unutursun özü ve asıl gerçeği.

Bala tamah edip de kanatlarını kaptıran bir sinek gibi olma. Bir avuç darıya tamah edip de tuzağa yakalanmış kuşlar gibi çırpınma. Kucaklayıp durma altın küplerini böyle sımsıkı. Gözünü dolduracak bir avuç topraktır, asla unutma. Bırak kıylü kâli[18] artık. Erenler meclisinde kulağını, gözünü dört açıp cevher toplamaya bak. Deryaların derinine inip inciler devşir. Yükü tuz olanların yoluna düşme ... Yükünü cevher edip salihler arasında yürü.

18 Dedikodu. Boş iş, oyun, oyalanma (editörün notu).

Esmâ-i hüsnâ ve dahi tevhidin zikriyle sarhoş olmasını bilmiyorsan hiçbir şey bilmediğini bil. Sonsuz ve ebedî bir saadet istiyorsan eğer, elçilerin izinden ayrı düşme. Gam çölünü aşarken, belanın demir leblebilerini sabırla yut da ardında "er" gibi bir ün bırak.

Uzun söze hacet yok, âdem ol, vesselâm ...

Çölde
Kanat Sesleri

57

Güneşin bir avuç kor gibi döküldüğü bu öğle sıcağında nereye sığınacak, hangi kuytuya sokacaklardı başlarını. Gölgesine oturacakları bir ağaç, serin bir su başı, bir pınar gözü de görünmüyordu ortalıkta.

Dağ taş alev alev yanıyor, dili damağı kurutan bir yakıcı hava vücutlarında derman bırakmıyordu. Ne bir kuş uçuyordu gök yüzünde ne de hafif bir rüzgâr esiyordu.

Ürkütücü bir sessizlik, çırılçıplak bir yalnızlık ve akıl almaz bir susuzluk sıvanmıştı kara tepeler üzerine.

Şefkatli anne, yavrusuna sımsıkı sarılmıştı. Sanki onu elle tutulurcasına belirginleşen yalnızlık ve yoksulluklara karşı korumak ister gibiydi. Bundan sonra nelerin olabileceğini bilmiyordu. Daha nereye kadar gideceklerdi ve artık dermanı tükenmiş dizlerini ne vakit dinlendireceklerdi. Haftalarca süren bu amansız yolun sonuna geldiklerini hissediyor, bunu eşinin güzel yüzündeki huzurdan ve hareketlerindeki çabukluktan çıkartıyordu. Yaratılmışların en güzellerinden biri olan kocası, sanki hiçbir şey olmamış gibi daima tebessüm etmekte, dudaklarından dökülen esmalarla cümle çaresizliklere meydan okumaktaydı.

Hâcer annemize, yılan dilli alevlerin bile bir gülşen olup etrafını çevirdiği bu güzel yüzlü kocası süzüyor, onun yüzündeki huzur sebebiyle teselli buluyordu. Onu sevmek ve onunla birlik olmak her acıyı katlanır kılmakta, her zorluğu kolaylaştırmaktaydı. O, yeryüzünü fesada boğmaya yeltenen cebbarlara karşı tek başına kıyama kalkan yiğitler yiğidi İbrahim'di [aleyhisselâm]. Allah'ın dostu İbrahim [aleyhisselâm] ... Çocuğunun, İsmail'in [aleyhisselâm] babası ...

Etrafı tepelerle çevrili derin bir vadiye indiler. Hâcer, sevgili eşinin etrafı dikkatle süzdüğünü görünce burada konaklayacaklarını anladı. Gerçekten İbrahim [aleyhisselâm] az ilerideki büyükçe bir ağacın altına doğru yürüyerek orada durdu. Fakat acelesi varmış, hemen geri dönecekmiş gibiydi. Hanımına, "İşte" dedi, "Bir dağarcık hurma ve bir kırba su ..."

Sonra hemen yürümeye başladı. Geldiği yöne doğru ve ardına hiç bakmadan gidiyordu. Hâcer, donup kalmıştı. Yoksa bırakıp gidiyor muydu kendilerini? Onlar bu ıssız, sessiz, susuz çöl ortasında tek başlarına nasıl kalacaklardı? Kurda, kuşa, kuzguna yem olmazlar mıydı sonra?

Yüreği korkuyla doldu Hacer'in ... Kucağındaki sevgili yavrusuna baktı. Bebek acıkmış, susamış gibiydi.

Hâcer şaşkınlığın çölünde, hiçbir şey söylemeden, onları yalnız başlarına bu ıssız vadide bırakıp giden Hz. İbrahim'in [aleyhisselâm] arkasından seslendi:

"Bizi böyle bırakıp gitmen, Allah'ın bir emri midir?"

İşte bunu öğrenmek istiyordu Hâcer. Sadece bunu öğrenmek ve bundan sonraki davranışlarını buna göre ayarlamak. Eğer, İbrahim [aleyhisselâm] "evet" derse, artık hiçbir soru sormayacak ve boynunu bükerek teslim olacaktı. Merakla bekledi. Yüreği bir kuş yüreği gibi çarpıyordu.

İbrahim [aleyhisselâm] cevap verdi:

"Evet, sizi emr-i ilâhî ile burada bırakıyorum ..." Hâcer,

"Öyleyse ..." diye mırıldandı, "Öyleyse yüce Allah bizi zayi etmez ..."

Ve nebîler nebîsi İbrahim [aleyhisselâm] tepenin ardında kayboldu. Sanki güneş battı, ay kayboldu, bir yıldız kaydı ufukta.

Hâcer, yalnızlığın kucağında ürperdi.

Kader çizgisini kim görebilir? Onu çizen iradenin gayba ait bilgilerine kim muttali olabilir ki? Bu irade, Hâcer'in ve İsmail'in [aleyhisselâm] bu ıssız, ama içten içe sesler ve tekbirler yüklü vadide yerleşmelerini ve bu ıssız vadinin dünyanın merkezi olmasını istemişse buna kim engel olabilir?

Nitekim tepeyi aşan İbrahim [aleyhisselâm] büyük bir sevgiyle bağlı olduğu hanımı ve oğlundan ayrılınca, Seniye mevkiinden, mekânların en kutsalı Kâbe'nin mahalline bakarak âlemlerin Rabb'ine halini arzetmişti:

"Rabbimiz! Ben zürriyetimden bir kısmını, senin muharrem beytinin yanında, ekin bitmez bir vadi içinde iskân ettim. Rabbimiz ... Beytinde namaz kılmak için insanlardan birtakım kimselerin gönüllerini bunlara doğru meylettir de bu ziyaretçilerin armağanlarından zürriyetimi rızıklandır. Umulur ki bunlar, nimetine şükrederler ..." [19]

19 İbrahim 14/37.

Hâcer ve oğlu yalnız başlarına kalmışlardı böyle. Mademki Allah'ın dilemesiydi bu, katlanacak ve teslim olacaklardı.

Bir süre sonra hurmaları ve suları tükendi. İsmail [aleyhisselâm] su için ağlamayı artırınca, Hâcer'in yüreği dayanamaz hale geldi. Biraz su ve belki de bir insan bulabilmek ümidiyle yavrusundan ayrıldı. İlerideki Safâ tepesine çıkıp etrafa bakındı. Kimseler görünmüyordu çevrede. Sadece yanıp kavrulan taşlar ve ürpertici bir sessizlik. Hâcer, oradan inip elbiselerini toplayarak çevik hareketlerle vadiyi geçti ve Merve tepesine çıktı. Burada da durup etrafa göz gezdirdi. Yine çırılçıplak bir kuraklık ve ürpertici bir sessizlik içindeydi vadi. Hâcer, oğlunun çığlıklarını duyar gibiydi. Heyecan ve telaş içinde Safâ ve Merve tepeleri arasında yedi kez gidip geldi bir yudum su bulurum ümidiyle. Yedinci kez Merve'ye çıktığında birden garip bir ses işitti. Oğlunu bıraktığı çalılığın yanından geliyordu ses. Bir su sesi gibiydi bu. Büngüldeyip çağıldayan, âleme can katan ve âlemi dirilten bir su sesiydi. Orada, şimdiye kadar benzerini görmediği bir adam vardı. İnsan sûretine girmiş bir melek, meleklerin en yücesi Cebrâil [aleyhisselâm] vardı. Ve topuklarıyla

vurduğu yerden zemzem suyu kaynamaya başlamıştı ...

Hâcer validemiz, Rabb-i Zülcelâl'ine nasıl teşekkür edeceğini bilemiyor, elini yüreğine bastırarak koşuyordu. Gelip suların kıyısında gülücüklerle oturan sevgili oğlunu kucağına aldı. bağrına bastı ... "Şükürler olsun!" diyordu. "Şükürler olsun Rabbim, bizi zayi etmedin ..."

Cebrâil [aleyhisselâm], "Sakın telef oluruz diye korkmayınız. Burada Beytullah vardır. O beyti bu çocukla babası bina edecektir. Cenâb-ı Hak bu çocuğun ehlini ve neslini hiçbir zaman kesmeyecektir" deyip kaybolduğunda Hâcer yüceler yücesi oğlunu bir kez daha bastı bağrına. Sonra kanat sesleri duyup başını çevirdi. Çöl kuşları suyun kokusunu almış süzlüyorlardı başları üzerinde. Lekesiz mavilikler içinde nasıl da özgür ve nazlıydılar.

Can Yusufu

65

"Yusuf'u [aleyhisselâm] bir kör kuyuya attılar." dedi ânın hikâyecisi. "Bilmem ki ..." dedi, "Kör olan kuyular mıydı, yoksa bir güzeli kuyuya sarkıtanlar mı?"

"Kim uğrar?" dedi, "Kurtların uluduğu bu ıssız vadiye... Börtü böceğin el ayak çektiği bu yalnız karanlığa kim uğrar?" dedi. "Ve kim eğilip bakar bu sessiz ve yaslı kör kuyuya?"

Gelen Yakub'un [aleyhisselâm] feryadı mıdır, yoksa bir kervanın çıngırak sesleri mi?

Yakub (a.s) kana bulanmış gömleği yüzüne gözüne sürüp, "Bana sabr-ı cemîl gerek" derken Bünyamin [aleyhisselâm] ağlıyor mu dizi dibinde?

Zaman yürüyor, ay doğup batıyor mu? Yoksa vakte gem vurulmuş da vakit durdurulmuş mu?

Bir kör kuyu dibinde yalnız, garip, çaresiz bir kuş gibi ağlıyor, inliyor mu Yusuf [aleyhisselâm]? Bir âh ile bin yusufçuk intizarı mı boşalıyor göğsünün kafesinden? Bülbülü dillendiren ayrılıkların çakır dikenleri mi batmış güzelim ellerine? Yalnızlığı bir eski hırka gibi giymiş de sırtına. Rabb-i Zülcelâl'inden yardım mı niyaz eder?

Yusuf'u [aleyhisselâm] bir kör kuyuya attılar.

Kör kuyuya bir güzel sarkıttılar işte.

Ânın hikâyesidir ki günlerden bir gün kuyuya bir kırba sarkıtılır ve Yusuf [aleyhisselâm], Kenan illerinden tâ Mısır'a uzanan bir uzun yola çıkar.

Onu kör kuyudan çeken adamın gözleri kamaşmıştı da,

"İşte bir güzel oğlan çocuğu!" demişti. "Onu Mısır'da köle diye satacağım!"

Zavallı köleler tüccarı ki cevheri bir avuç darıyla değiştirmek ister. Bir gülşeni porsumuş ısırgan otuyla değiştirir de farkına varmaz ...

Yusuf [aleyhisselâm] Mısır'a getirilir. Hiçbir yüzün tanıdık olmadığı, hiçbir sözün dostça söylenmediği bir çukura düşmüş gibi şaşkın bakakalır. Allah'tan gayri hiçbir dostu yoktur Mısır'da. Kimbilir daha hangi kör kuyularda hangi acılar ve hüzünlerle boğuşacak, hangi yalnızlıkların hırkasını giyecektir.

Sonra Aziz isimli bir vezir gelir köle pazarına ve Yusuf'u [aleyhisselâm] elinden tutup, genç ve güzel karısı Züleyha'ya teslim eder.

Yusuf [aleyhisselâm] bu evde gençlik çağına erişir ve Züleyha'nın anlaşılmaz çirkin teklifleri ile karşılaşır ya , "Ben âlemlerin Rabb'i olan Allah'tan korkarım. Efendim, bana iyilik etmiştir, ona ihanet edemem " der ve duvarlarından su sızan zindanlara atılır.

Bir başka kör kuyudur Mısır'ın zindanları ve Yusuf'un [aleyhisselâm] ışığıyla yedi yıl aydınlanır.

Sonra olanları biliyorsun okuyucu.

Burada önemli olan Yusuf'un [aleyhisselâm] halidir ki o her türlü olumsuz şarta rağmen dininden asla taviz vermedi. Asla ümit kesmedi Rabb'inden. Dilinden duayı düşürmedi. Tek başına geldiği Mısır'da şahsiyet gücüyle tarihin seyrini değiştirdi. İşte önemli olan budur.

Belki sizin de çevrenizi bir zulüm çemberi kuşatmış olabilir. Belki sizin de etrafınızı size yabancı ve inancınıza düşman güçler çevirmiş olabilir. Dininizle, imanınızla alay eden, çeşitli maskeler ardına sığınarak mahreminize, ismetinize çirkin ellerini uzatan, Allah [celle celâluhû] dediğiniz, Kur'an dediğiniz, cihad dediğiniz için yollarınıza dikenler dökmek isteyenler bulunabilir. Üstelik bu güçler ellerindeki kanlı silahlarının tümünü size çevirmiş olabilirler.

Şimdi sizin de birer Yusuf olmanız gerek.

Kör kuyulara inat, kin ve hasetle sıkılmış yumruklara inat ve kör kuyulardan daha da körleşmiş yüreklere inat birer Yusuf olmanız gerek.

Ânın hikâyecisi der ki:

Bugün her birimiz birer Yusuf olmadıkça, ufkumuza İslâm güneşi doğmayacak ve bu karanlık gecelerin sabahı olmayacaktır. Her birimiz birer Yusuf olmadıkça kör kuyular üzere bir yorgan gibi örtülen geceler bitmeyecek, kölelik zincirleriyle bağlı yüreklerimiz âzat olmayacaktır.

Oyuncaklarımızı kırmalı, balonları patlatmalı, yalanla kurulmuş nefis saltanatını devirmeliyiz. Nefsin gemi azıya almış serkeş atını durdurmalı, canlarımızda bir gülzar diyarı kurmalıyız.

Muhammedî bostanlar yeşersin diye ülkemizde, rahmetin bulutları kuşatsın diye göklerimizi ve zulmün soluğunu boğazına tıkasın diye tekbirlerimiz, her birimiz, birer Yusuf olmaya and içmeliyiz!

Kul teslim olursa "müslim" olur. Kametini ancak ve yalnız Rahmân'a eğebilir ve Rahmân'dan gayrisine meydan okuyabilirsen "müslim" olursun. Hürriyet, Yusuf'un [aleyhisselâm] kör kuyu dibinde ve zindanda duyduğu özgürlük hissidir ki ondan gayri hisler esaret ve zulmü doğurur.

Teslim ol ve Yusuf gibi ayağa kalk!

Mevlânâ'nın [kuddise sırruhû] dediği gibi: "Can Yusuf'unu arıyorsan cansın, bir lokma ekmek arıyorsan ekmeksin. Neyi arıyorsan osun sen ..."

Nil
Yorgun
Bir Yılandır

Ellerinde kasap bıçakları tutan zalim ve serkeş adamlar gece ve gündüz, sokak aralarında dolaşıyor, yeni doğmuş bir erkek çocuk var mı diye evleri kontrol ediyorlardı. Sabahın ayazı, öğlenin sıcağı, akşamın alacası ve gecenin karanlıkları içinde doğum yapan bir kadının iniltisi, bir bebek çığlığı duymaya görsünler hemen bastırıyor, binbir acı içinde kıvranan masum ve mazlum annelerin ciğerpârelerini kucağından sökerek, hemen oracıkta paramparça ediyorlardı. Bıçakları ucundan damlayan taze ve sıcak kanlar, bütün bir Mısır üzerine çöken korkunç bir kâbusun somut belgesi, utanç verici bir eylemin canlı şahidi gibiydi. Yorgun bir yılan gibi akıp giden Nil, hiç dinmeyen

ağıtların, taşların dahi kalbini sızlatan feryat ve figânların nefesiyle ürperiyor, kan çanağı gözlerden süzülen yaşlarla yaslı, çırpınıp duruyordu.

Ellerinde kasap bıçakları tutan zalim ve serkeş adamlar, "Ben sizin en yüce Rabb'inizim!" diyerek kendisinin rab olduğunu vahyeden zorba bir hükümdarın, cani ve zalim bir kralın emriyle İsrâiloğulları içinden doğan kız çocuklarını serbest bırakıyor, erkek çocukları ise öldürüyorlardı. Çünkü müneccimler İsrâiloğulları içinden doğacak olan bir erkek çocuğun, Firavun'un mülk ve saltanatına son vereceğini, dinini değiştireceğini ve sonuçta ölümüne sebep olacağını bildirmiş, tedbir almasını öğütlemişlerdi. Tedbir, doğan her erkek çocuğu öldürmek ve yok etmekten geçiyor demişlerdi.

Kendisini rab kabul eden bir zorba için bu emri vermek hiç de zor olmamıştı. "Öldürün!" diye bağırmıştı. "Hiçbirini sağ bırakmayın... Kıptî ebeler de bu işle görevlendirilsinler de, İsrâiloğulları'ndan bir hamile kadın gördüklerinde onları keskin kamışlar üzerinde durdurarak dayanılmaz işkencelerle çocuklarını düşürmelerini sağlasınlar, saltanatıma son vermek isteyen hiç kimse yaşamamalı bu yeryüzünde! Hiç kimse!"

Kendisini rab kabul eden bu mütegallibe sabah akşam emirler yağdırır ve sabah akşam İsrâiloğulları'nın erkek çocukları kasap bıçakları altında can verirken, yüceler yücesi Allah'ın kurduğu tuzaktan kimsenin haberi olmamıştı. Öyle ya Firavun'un ve yakınlarının bir hesabı vardı da Allah'ın bir hesabı ve tuzağı olmaz mıydı? Bir gün tenhaya çekilmiş bir kadın güzeller güzeli bir oğlan çocuğu doğurunca, dayanılmaz bir üzüntü ve acıyla onu bağrına basıp ağlamaya başladı. Ya o eli kanlı zalim nöbetçiler doğumun farkına varır ve ciğerpâresini elinden alarak acımasızca öldürürlerse? Ya bu güzeller güzeli can, birkaç serkeşin ustura gibi keskin bıçakları altında can verirse? Bir anne buna nasıl dayanır, nasıl?

Genç kadın ağlıyor, inliyor, sessiz göz yaşlarıyla bebeğine sarılıyordu. Tam bu sırada Allah'ın vahyini duydu:

"Onu emzir!" diyordu âlemlerin Rabb'i ve intikam alıcıların en büyüğü. "Onu emzir ... Eğer çocuğuna bir tehlike geleceğinden korkuyorsan, hiç korkma. Onu Nil nehrinin sularına bırak. Boğulmasından ve kaybolmasından da hiç endişe etme. Çünkü biz onu sana geri göndereceğiz. Hem peygamberlerden biri de yapacağız onu."

Genç kadın bu vahyi alınca rahatladı. Hemen bir sandık bulup bebeğini içine yatırdı. Kızını da yanına çağırıp,

"Yavrum!" dedi, "Ben kardeşini Nil'in sularına bırakacağım ... Sen onu kıyıdan takip et. Nereye gitmişse gelip bana haber ver."

Sonra sandığı nehir suları üzerine bıraktı ve yaşlı gözlerle bakmaya başladı. Nil, üzerinde yavaş yavaş gitmeye başlayan bu küçük tahta sandığın içinde istikbalin Musa'sının bulunduğunu biliyor gibi nazlı nazlı akıyor, onu dalgacıkları arasında bir annenin kolları gibi yavaş yavaş sallayarak aşağılara götürüyordu.

Bebeğin ablası da kıyıdan takip etmekteydi.

Nil, küçük ve nazlı sandığı Firavun'un sarayına kadar, sarayın önünde yıkanan kadınların yanına kadar getirdi. Ağaçların, sazların arasından âdeta önlerine gelen bir sandığı gören saray kadınları şaşkınlık içinde tuttular onu. Firavun'un karısı Âsiye; eğilip içine baktığında, kendisine gülümseyen güzeller güzeli bir bebeğin yüzünü gördü. Sonsuz bir şefkat ve sevgiyle baktı ona. Temiz yüreciği kuşlar gibi çırpınmaya başladı. Bugüne kadar hiç çocuğu olmamıştı Asiye'nin. Bir bebeğin sevgisini ondan daha çok kim duyabilirdi ki? Hemen onu kucağına alarak kocasına götürdü.

"Bunu dedi, kendimize evlat edinelim. Benim ve senin için göz aydınlığı olsun."

Firavun'un suratı asılmış, alnının damarları kabarmıştı. Ya İsrâiloğulları'ndan bir kadının doğurduğu bir çocuksa bu? Ya müneccimlerin haber verdiği çocuksa?

"Ver bakalım!" dedi karısına. "Onu kucağıma ver!"

Âsiye bebeği uzattı sevgiyle. Ne var ki Firavun'un kucağındaki sevimli yavru bir anda Firavun'un sakallarını tutmuş ve hızla asılarak yolmaya başlamıştı.

"Cellatları çağırın!" diye bağırdı Firavun. "Cellatları çağırın. Bu, mutlaka odur!"

Âsiye neye uğradığını şaşırmıştı. Hemen atılıp bebeği aldı Firavun'un kucağından, bağrına bastırıp yalvardı:

"O daha minicik bir bebek ... Aklı hiçbir şeye ermez ki. Ne olur bağışla onu. Öldürme, belki büyüyünce bize bir faydası dokunur yahut evlat ediniriz onu."

Firavun, sevgili eşinin yalvarıp yakarmaları karşısında biraz yumuşadı.

"Benim için değil, onu senin için bir göz aydınlığı olsun diye öldürmeyeceğim. Haydi götür onu" dedi.

Âsiye bebeği kaptığı gibi çıktı kralın yanından.

Sonra bebeği emzirmek için bir sütanne aradı. Birçok kadın artık kralın oğlu sayılan bu yavrucağı emzirmek için geldi ama, bebek hiçbirini emmedi. Âsiye şaşırmış kalmıştı. Eğer bebeği emzirecek bir sütanne bulunmazsa yavrucak ölüp gider diye düşünüyor, üzüntü içinde kıvranıyordu. Tam bu sırada Musa'nın ablası ortaya atıldı ve,

"Ben onu emzirecek bir kadın bulabilirim" dedi. "Kral hakkında iyi niyet ve dilekte bulunan bir aile tanıyorum."

"Git çağır hemen!" dedi Âsiye.

Musa'nın ablası hemen olanları annesine haber vererek onu saraya getirdi. Genç kadın oğlunu, saray kadınları ve Firavun'un karısı Âsiye'nin sevgiyle açılmış kucağında ve kendisine hiçbir zarar gelmemiş olarak görünce neredeyse,

"Bu benim oğlum, bu benim yavrum!" diyecekti ama, sevinç çığlığını içine gömmeyi başardı.

Musa, annesinin memesini emmeye başlayınca Âsiye ve diğer kadınlar sevinçle el çırptılar ...

Aziz kâri!

Ânın hikâyecisi diyor ki:

İşte o ânı bir kez düşünseydi ve hakkıyla anlasaydı insanlar, Rahmân ve Râhim olan, Kahhâr ve Cebbâr olan Allah'ın sonsuz kudretini bir kez daha kabul eder, O'nun yapmaya güç yetiremeyeceği hiçbir şey bulunmadığını görürlerdi.

O, olmazları oldurmakta, yıkmak istediği saltanatları içinden çökertmekte, zalimlerin korktuklarını başlarına getirmekte ve kaçıp durdukları şeyi her gün gözlerinin önünde arz-ı endam ettirmekteydi.

Hz. Musa [aleyhisselâm] Firavun'un sarayında, öz annesinin kucağında, münkir kralın mümine karısı Âsiye'nin şefkatli nazarları altında büyüdü, serpildi ve peygamber oldu. İlâhlık davasına kalkışan bu kör ve cahil adamsa devletini yıkıp, saltanatını başına devirecek olan çocuğun Musa [aleyhisselâm] olduğunu bilemedi. Onu yok etme uğruna yüzlerce, binlerce bebeği kasap bıçaklarıyla katlettiği halde bilemedi. Musa'yı [aleyhisselâm] sarayında naz ve ihtimam ile büyüttü. Belki bebek Musa [aleyhisselâm], sakalını çekip

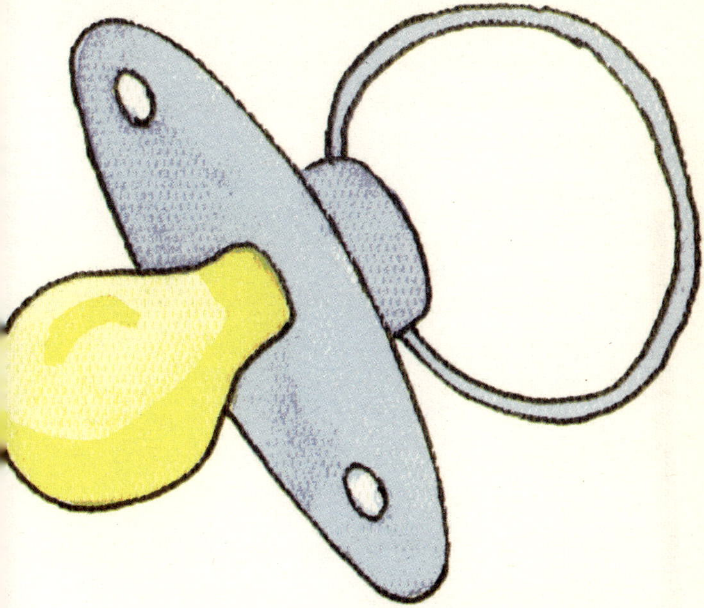

yolduğunda ondan korkup çekindi ama; kendisi için çizilmiş kader çizgisini değiştirmeye güç yetiremedi.

Ne kadar yücedir ki Allah, ümitlerin tükendiği anda ümitler doğurur, kanlı yaş döken gözleri güldürerek, yaralanmış yürekleri sevince boğar ve dahi kendini inkâr ve nefsini ilâhlaştıran her mütegallibeyi perçemlerinden yakalayarak cehenneme sürükler.

İstikbal ve istiklalleri Musa'lara bağışlayan Allah'a sonsuz ve sayısız hamd ile hamdolsun ...

Genç Musa [aleyhisselâm] kaçıyordu. Doğup büyüdüğü Mısır topraklarından, içinde yaşadığı Firavun'un sarayından; annesi, kardeşleri ve kendisini çok seven Firavun'un karısı Âsiye'den uzaklaşıyor, ardında kendisini kovalayan birileri olabilir diye telaşla, korkuyla, kaçıyordu.

Bir Mısırlı'nın ölümüne sebep olmuştu ve Firavun bunun karşılığında onu öldürmek isteyecekti. Zaten müminlerden biri koşup gelmiş,

"Hemen uzaklaş buradan!" diye uyarmıştı onu. Yolda yemek için bir azık alamamıştı yanına, yolculuk için değişik kıyafetler, bir binek hayvanı, biraz para, hiç ama hiçbir hazırlık yapmadan şehirden çıkıp, Medyen istikametinde, çöllere dalıp gitti ... Sekiz gün sekiz gece yürüdü. Ağaç yaprakları yiyor, önüne çıkan kuyulardan susuzluğunu gideriyordu.

Sekizinci günün akşamı çobanların yüksek sesle bağrıştığı, çıngırak seslerinin birbirine karıştığı bir kuyunun çevresine erişti.

Öylesine yorgun, bitkin ve halsiz, öylesine açtı ki.

Hemen bir ağacın dibine çöktü, etrafına merakla bakınmaya başladı. Az ileride, sürülerini diğer çobanların sürülerine karıştırmamak için uğraşan iki genç kadın gördü. Erkekler yerine bu genç kadınlar mı çobanlık yapıyordu böyle? Hem, galiba koyunlarını sulamak istiyorlar ama, kalabalığın arasına da girmek istemiyorlar. Kalkıp onlara yardım etse iyi olacak.

Kararını verince kalkıp kızların yanına geldi.

"Size yardım edeyim isterseniz" dedi.

Kızlardan biri,

"Biz de koyunlarımızı sulayacağız ama, çobanların tamamen çekilmesi lazım."

"Niçin?" diye sordu Musa [aleyhisselâm].

"Erkeklerin arasına giremiyoruz" dediler.

Hz. Musa [aleyhisselâm] şaşırmıştı:

"Aslında" dedi, "Sürüleri hep erkekler güder. Bu zor, yorucu ve dikkat isteyen bir iştir." Kızlardan biri,

"Babamız çok yaşlı bir kimse, üstelik sağlığı da hayvanları otlatmaya elverişli olmadığından koyunlarımızı biz güdüyoruz" dedi. Musa [aleyhisselâm],

"Sizin için onları ben sulayayım bugün" diyerek koyunları kuyunun başına götürdü. Oradaki ağır taş kapağı kaldırıp kovalarla su çekti ve hayvanları güzelce suladı. Sonra kızlardan ayrılıp ağacın dibine oturdu.

Kızlar koyunlarını alıp gittiler. Etrafta kimseler kalmadı. Hava da yavaş yavaş soğumaya başlıyordu.

Musa [aleyhisselâm], açlığı yüzünden su bile içmediğini düşündü ve elini karnına bastırarak "Rabbim!" dedi, "Doğrusu indireceğin hayra muhtacım."

Aradan uzunca bir süre geçmişti ki bir ayak sesi duyup doğruldu. Gelen, az önce koyunlarını suladığı kızlardan biriydi ve utana sıkıla yaklaşıyordu yanına. Nihayet heyecan içinde,

"Babam sizi çağırıyor" dedi. "Koyunlarımızı suladığın için sana ücret verecek."

Musa [aleyhisselâm] üzülmüştü. O, kızlara bir ücret düşünerek, bir karşılık bekleyerek yardım etmiş değildi ki ... Sadece acımış ve iyilik yapmak istemişti.

"Biz Yakuboğulları, yaptığımız yardımlar karşılığında bir ücret istemeyiz ama, babanızı görmek ve tanışmak istiyorum" dedi ve kalktı.

Kız önde, genç Musa [aleyhisselâm] arkada yürümeye başladılar.

Kız heyecan içindeydi. Kalbi küt küt çarpıyor, bu güzel yabancıya karşı büyük bir ilgi ve hayranlık duyuyordu.

Zaten koyunları getirdiklerinde babaları, niçin erken döndüklerini sormuş, onlar da, "Bugün çok şanslıydık babacığım. İyi biriyle karşılaştık, bizim sürümüzü sulayıverdi" demişlerdi. Babaları, "Allah'a hamdolsun, nasıl biriydi o?" diye sorunca, "Herhalde uzun bir yolculuktan geliyordu ve karnı da açtı" demişlerdi. "Güçlü olmasına rağmen yüzünden bitkin olduğunu anladık ..."

Bu son cümleyi kendisi söylemişti. O zaman babası, "Güçlü olduğunu nasıl öğrendin?" diye sorunca, "Ancak on kişinin kaldırabileceği bir kayayı tek başına kaldırdı" diye cevap verdi. Sonra, "Babacığım!" dediler, "Eğer istersen onu ücreti karşılığında koyunlarımızı gütmesi ve birtakım hizmetlerimizi görmesi için görevlendir…"

Babaları da, " Öyle ise git, çağır bakalım" demiş ve işte kendisini göndermişti.

Hiçbir şey konuşmadan sessizce yürüyorlardı. Bir ara esen rüzgâr elbisesine çarpınca genç adamın başını yere indirdiğini ve utandığını gördü. Hatta Musa [aleyhisselâm], "Ben senin önünde yürüyeyim. Sen bana yolu tarif et" diyerek ön tarafa geçti.

Genç kızın heyecan ve sevinci daha da artmış, bu genç adamın asil ve güvenilir bir insan olduğuna dair inancı daha da kuvvetlenmişti.

Şüphesiz ki yüceler yücesi Allah, en büyük görevlerden olan peygamberliği Musa'yı [aleyhisselâm] kendi terbiye etmekte, ahlâk ve iffetini artırmakta idi. O, ne kadar ihtiyaç içinde olursa olsun kimseden iaşe talep etmiyor; sonu, ruhu rencide edecek bir iffetsiz nazara dahi tahammül göstermiyordu.

Allah, kendisinden utanan, iffet ve namusunu koruyan şerefli kullarını sever.

Nitekim Musa [aleyhisselâm] ve kız geldiler. Kızın ablası ve babası onları karşıladı. Kurulmuş sofrada karınlarını doyurdular.

Musa [aleyhisselâm], yaşlı adama başından geçenleri anlatınca o, "Artık korkma, zalim milletten kurtuldun" dedi. Sonra da, "Eğer bizim hizmetimizde sekiz yıl çalışmayı kabul edersen bu iki kızımdan birini sana nikâhlarım. Şayet on yıla tamamlarsan, o da senden lutuf olur. İnşallah beni iyi kimselerden bulacaksın ..."

Musa [aleyhisselâm] bu teklifi kabul edip Medyen'e yerleşti. Tam on yıl, Allah'ın sevgili peygamberlerinden biri olan Hz. Şuayb'a [aleyhisselâm] hizmet etti. Onun kızlarından biriyle evlendi ve on sene sonra, Mısır'a geri dönmek için ailesini de yanına alarak yola çıktı.

Önünde görevlerin en zoru, zalim bir Firavun ve koskoca zalimler ordusu vardı; yanında ise sadece bir asâsı, birkaç koyunu ve sevgili ailesi.

Boğulmak

Sevda çölünde ceylanların seyranı varmış, kibrin gözü görmez ki. Ay yüzlü nigâra binlerce baş kurban eden âşıkların kervanı geçermiş gecelerde, kibrin gözü görmez ki. Gözelerden âb-ı hayat büngülder, gönlün gökkuşağı altında nice âlemler doğarmış ya, kibrin gözü görmez ki. Nice merdivenler kurulurmuş gökyüzüne, nice soylu mi'racları yaşarmış erenler ve dahi ayakları prangalı dik başlı mahkûmlar duvarlarından su sızan zindanlarda müstekbirlere meydan okur ve el ayası kadar küçük bir delikten süzülen gün ışığını içerek ertesi güne dipdiri çıkarmış ya, kibrin gözü kör olduğundan hiçbirini görmezmiş bunların.

"Kibrin, şirkin ve küfrün gözü kördür ..." dedi ânın hikâyecisi ve gönül gözü kör olmuş bir münkirin son ânını nakletti.

Gönül gözü kör olmuş bu münkire Firavun denilirdi. Kendini -hâşâ- rab olarak ilan eder, "Musa'nın Rabb'ini öldüreceğim!" diye kuleler inşa edip en üstüne çıkarak gökyüzüne oklar savururdu. Bütün sihirleri yok eden mucizeyi gördüğü halde, "Musa'nın ve bütün âlemlerin Rabb'i olan Allah'a" iman ettiğini açıklayan sihirbazların ellerini ve ayaklarını kestirerek korkunç biçimde katletmişti. Bütün bunlardan sonra da, "Geride kalan müminlerin yeni doğacak çocuklarını da öldürerek zürriyetlerini keseceğim!" diye yemin edip kibrin ve zulmün sultanı olduğunu bir kez daha ilan etmişti. Günlerden bir gün İsrâiloğulları'nın Hz. Musa'nın [aleyhisselâm] öncülüğünde Mısır'ı terkettiğini anlayınca, ordularını toplayıp peşlerine düştü.

Serâpâ öfke kesilmiş, tepeden tırnağa kin dolmuştu. Krallık zırhını giymiş, altın eğerli atına binmiş ve peşine takılmış binlerce seçkin asker, bir kasırga edası içinde yola koyulmuştu. Musa'ya [aleyhisselâm] yetişmek için, belki de Allah'ın hakkında murat ettiği korkunç sona bir an önce ulaşmak için hızını artırıyor, atını mahmuzlayarak âdeta uçuyordu.

Nihayet güneşin ilk ışıkları Kızıldeniz üzerinde parıldamaya başladığında sulara doğru atılmak isteyen atını durdurdu. Gümgök tere batmıştı at. Ağzı burnu köpükler içinde kalmıştı.

Firavun'un denize bakan gözleri değirmen taşı gibi büyümüştü burada. Zira devâsâ dalgaların kabardığı deniz ikiye ayrılmış, ortasından kupkuru bir yol açılmıştı.

Böyle şey olur muydu?

Deniz ortasından ikiye yarılır da sular birbirine kavuşmadan iki yana yükselir miydi?

Yüzü sapsarı kesildi. Kurumuş dudakları çatladı. Korkudan yarılır gibi oldu ödü. Bir an geri dönmek istedi. Geri dönmek ve bu inanılmaz görüntüden kaçmak.

Sonra üzerinde durduğu atın, kendi iradesi dışında ileri fırladığını ve sular içinde açılmış yola girdiğini gördü. Ne yapsa durduramıyordu atı. Cins at, kendinden önce bu yola giren bir kısrak görmüştü sanki ve mutlaka ona yetişmek istiyordu. Belki de Cebrâil'in [aleyhisselâm] üzerine bindiği bir kısraktı bu!

Ata engel olamayacağını anlayan Firavun, "Efendimiz geri dönelim!" diye yalvaran başveziri Hâmân'a ve diğer devlet erkânına yiğitliğini ve yüceliğini göstermek ister gibi, "Musa ve adamları denize girip oradan geçmeye bizden daha mı layıktırlar?" diye bağırdı.

Firavun ve ordusu deniz ortasında açılmış bu garip yola tamamen girdiğinde, yürekleri çatlatan bir çatırtı ve korkunç bir gürültü duyuldu. Yolun kenarında yükselen köpürmüş sular, büyük dalgalar halinde birbirine kapanmaya, Firavun ve ordusunu kaplamaya başladı. Kulakları sağır eden çatlamalarla yükleniyordu sular, hızla birbirine kavuşuyordu. Sanki her parçası diğerinden daha büyük dağlar birbirine çarpıyor, arasına aldığı münkirleri kahretmek üzere abanıyordu.

Firavun, her şeyin son bulduğunu anladı.

Artık onu hiç kimse kurtaramaz, bu azgın dalgalardan çekip çıkartamazdı. İşte en yakın vezirleri, başta suratı kapkara kesilmiş Hâmân olmak üzere kulakları sağır eden "imdat!" çığlıklarıyla batıp çıkıyorlardı sulara. Ve sonra görünmez oluyorlardı. Binlerce, on binlerce askerin başı, binlerce, on binlerce atın kafası batıp çıkıyordu Kızıldeniz'e. Acımasız dalgalar şaklıyordu suratlarında ve boğuluyorlardı.

"Boğuluyorum ..." diye hırıldadı Firavun. "Boğuluyorum ben ..."

Ağır zırhından kurtulmak istiyor, onca gayretine rağmen onu çıkartıp atamıyordu. Başındaki miğfer demir bir balyoz gibi kafasını sulara gömüyor, ağzına burnuna yutulması imkânsız acı sular doluyordu. Ciğerleri parçalayan acı, tuzlu sular ...

Güneş yükseliyordu, hiçbir şey olmamış gibi ve güneşin dahi Rabb'i olduğunu ilan eden kibrin sultanı hiçbir şey yapamıyordu.

"Boğuluyorum ..." diye hırıldadı. "Yok olup gideceğim ..."

Ne taht vardı artık ne yüz binlerce kölenin kan ve kemik yığınları üstüne yükselmiş devasa ehramlar. Ne bağ vardı artık ne hurma bahçeleri ...

Hurma kütüklerine elleri ve ayakları çaprazlama kesilmiş şehidler asılmıştı ve inanılmaz bir mutluluk içinde tebessüm ederek gözlerinin içine bakıyorlardı!

Elleri ve ayaklarına kazıklar çakılarak kızgın güneş altında işkencelerle öldürdüğü Asiye'nin kocaman gözleri bakıyordu!

Artık hiçbir şey yoktu. Tepeleme doldurulmuş altın küpleri, sandıklar dolusu inciler, gümüşler ve mercanlar ...

Devasa sütunlar çatırdayıp yıkılıyor, kubbeler çöküyor, Mısır'da taş üstünde taş kalmıyordu. Toprak, korkunç zelzelelerle paramparça olmuştu; sallanıyordu bir kanlı beşik gibi.

Artık hiçbir el yoktu uzanıp elinden tutacak.

Burnundan kan gelmeye başlamıştı. Boğuluyordu. Bir ateş yalımı kavurmaya başlamıştı yüzünü. Su ve ateş nasıl böyle birleşiyor ve acımasız alevler nasıl kesiyordu etlerini. Bu zincir gürültüleri, bu sağır eden gulguleler ve bu katır büyüklüğündeki akrepler nereden geliyordu? Niçin hep üstüne üstüne saldırıyorlardı!

Ciğerleri parçalanmaya başladığında artık kendisini ancak Musa'nın Rabb'i olan yüceler yücesi Allah'ın kurtaracağını anladı Firavun. İş işten geçmişti, hissediyordu. Lâkin ölümden ve gördüklerinden öylesine dehşete kapılmıştı ki: "İsrâiloğulları'nın iman ettiğinden başka tanrı olmadığına inandım. Artık ben de müslümanlardanım!" diye bağırdı. Tıpkı Allah'ın baskınını görünce, "Yalnız Allah'a inandık ve O'na ortak koştuğumuz her şeyi inkâr ettik!" diye haykıran Hâmân ve ordusundaki zalim askerler gibi.

Ama, iman için artık vakit çok geçti. Firavun'un kulak zarlarını patlatan bir nida,

"Şimdi mi inandın?" diyordu. "Daha önce başkaldırmış ve bozgunculardan olmuştun." Bu arada Cebrâil [aleyhisselâm], denizin kara çamurlarını Firavun'un yüzüne gözüne sürüyor, ağzına dolduruyordu. "Belki" diyordu Cebrâil [aleyhisselâm], "Belki Cenâb-ı Hak rahmetiyle bu zalim adama yetişiverir ..."

Ama Allah'ın sünneti değişmezdi.

Allah'ın sünneti, "O'nun baskınını görünce iman edenlere bu imanın hiçbir fayda vermeyeceği tarzındaydı ve öteden beri kulları hakkında yürürlükteydi. Kâfirler işte bu noktada hüsrana uğrayacaklardı."

Firavun bitti.

Ve dünya Firavun için bitti.

Artık hiçbir yardım görmeyeceği kıyamet de başlamıştı işte. Bu nasıl acı bir son, bu nasıl büyük bir felaketti böyle?

Aziz okuyucu!

Gördün ki gönül gözü kör olmuş zalimler için kurtuluş yoktur. Kibrin, küfrün ve şirkin gözü kördür. Tüm Firavunların gözleri kördür ve onlar gerçeği göremezler. Her kim böbürlenip gezerse Allah'ın arzında, arz onun kemiklerini öğütür. Her

kim tutarsa İblîs'in elinden, elleri kırılır, belkemiği kırılır.

Edep, tevazu ve korku ile boyun bük. Ansızın yakalayıverecek bir azabın ürpertisi doldursun yüreğini ve sen Rabb'inin ebedî nimetlerine kavuşmayı dileyerek, korku ve ümidin sırat köprüsünde yürü.

Beynel havfî ve'r-recâ[20] ne demektir, bilerek ...

20 Korkuyla ümit arasında olmak.

Karınca Kalbi

101

Gül, gonca dudaklarını açar da seninle konuşur mu? Bir dikenle göğsü yâreli bülbülün âhu efgânını duyar ve söylediklerini anlayabilir misin? Üveyikler, sığırcıklar, kumrular, güvercinler ve kuşların bilgesi hüdhüdün konuşmasını çözebilir misin? Konuşabilir misin yabanın kurduyla, kuşuyla? Es dersen eser mi rüzgâr, dur dersen durur mu? Kızgın güneş altında mesafeler aşarken başın üzere bir gölgelik gibi uçuşur ve kanatlarını birleştirir mi cümle kuşlar? İnse ve cinne emir verip kâşâneler kurdurabilir misin?

Getirebilir misin bir göz açıp kapama ânı kadar kısa bir sürede Belkıs'ın tahtını Yemen'den?

Billur havuzlar kurup da Belkıs'ı hayretler içre bırakabilir misin?

Âh, elde bir mühr-i Süleyman olmadan bütün bunlar nasıl yapılabilir? Davud'un oğlu Nebî Süleyman'dan [aleyhisselâm] gayrı hiçbir kimse bu saltanatın sahibi değildir ve bundan sonra dahi olmayacaktır.

O, günlerden bir gün yüreğini Rabb'ine açmış da bir niyazda bulunmuştu, hatırlar mısın? Şöyle demişti:

"Ey Rabbim! Beni bağışla. Bana, benden sonra kimsenin ulaşamayacağı bir hükümdarlık ver. Şüphesiz sen, daima bağışta bulunansın."

Rabb'e iletilmiş bir niyazın reddi olmaz ve Allah peygamberlik ve hükümdarlık bağışladığı bir seçkin kulunun niyazını boş çevirmezdi. Hz. Süleyman'a [aleyhisselâm] bir mülk bağışlandı ki akılları durdurmaya yeter.

Rabb'in beyanı da aynen şöyle:

"Süleyman'a da rüzgârı musahhar kıldık ki sabahı bir aylık yol, akşamı bir aylık yoldu. Erimiş bakır madenini, ona sel gibi akıttık. O'nun önünde Rabb'inin iş gören bazı cinleri de vardır. İçlerinden kim bizim emrimizden saparsa, ona, çılgın azaptan tattırırdık. O, kalelerden, heykellerden, büyük havuzlar gibi çanaklardan, sabit sabit kazanlardan, ne dilerse, kendisine yaparlardı ..." [21]

21 Sebe' 34/12-13.

Kısacık bir ânı nakille, ebedî bir gerçeği yeniden yaşamak ister misiniz şimdi? Mini mini minnacık bir karıncanın sözlerini duyup da tebessüm eden Nebî Süleyman'ın [aleyhisselâm] yaşadığı duyguların benzerini yaşamak ...

Karınca konuşur mu?

Konuşur ...

Onun da ağzı var, dili var. Onun da evi var, ailesi var. Kendi ağırlığının elli katını yüklenip götüren ve bana mısın demeyen karıncayı sakın ola horgörmeyesin. Kör bir ayak olup da yuvasını bozmayasın ... Bilesin ki o, onca yükü ter içinde sürüklerken şairin dediği gibi imanından güç alır sadece. Kulluğundan zerrece taviz vermediği ve her dâim esmasını zikrettiği Rabb'ine olan imanından ... Evet:

"*Bir karınca bir buğdayı*
Sürüklüyor ter içinde
Yoksa gücü yetebilmez
Vallah iman var içinde ..."

Mini mini minnacık bir karınca vardı eskiden. Tâ Hz. Süleyman [aleyhisselâm] zamanında yaşamış bir bilge karınca. Bu kıssa, ânın kıssasıdır. Sûre-i Neml'in ummanından avuçlanmış bir yudum su gibi. Yahut özünde ummanı barındıran tek katre gibi ...

Hz. Süleyman [aleyhisselâm] ordusuyla bir sefer halindeydi ve muazzam tahtı üzerinde kuşlar kanatlarıyla onu güneşin hararetinden koruyorlardı. Fetihler ordusu tam bir düzen ve disiplin içinde yol alıyor, kimbilir hangi kalenin burçlarına adalet sancakları dikmeye gidiyordu.

Şirkin, küfrün ve zulmün korkulu rüyası gibi, küheylanları rüzgârdan hızlı ve rüzgârın da hızlarına katıldığı bir orduydu bu! Dünya yaratılalı beri eşi ve benzeri görülmemiş, bundan sonra da görülmeyecek olan muazzam ve muhteşem bir kafile ... Başlarında, demiri bir balmumu gibi eğip büken ve hazinelerinin hesabı bilinmeyen, lâkin yiyeceği bir iki lokma için hurma yaprağından zenbiller ve sepetler örüp üç-beş kuruş kazanan peygamber ve hükümdar Hz. Süleyman [aleyhisselâm] var. Hazinelerinin hesabı bilinmediği, inse ve cinne söz geçirdiği halde zenbil ören Hz. Süleyman [aleyhisselâm] ... Bu nükteyi farkedebildinse kara karıncanın sözünü nasıl anladığını da farkedebilirsin ...

Karınca, Hz. Süleyman [aleyhisselâm] ve askerlerinin vadilerine doğru yaklaştıklarını görünce,

"Ey karıncalar topluluğu!" diye bağırdı. "Yuvalarınıza giriniz. Sakın Süleyman [aleyhisselâm] ve ordusu farkına varmadan sizi ezip öldürmesin ..."

Hz. Süleyman [aleyhisselâm] tek bir komutla ordusunu durdurdu ve baktı karıncaya. Ne dediğini duymuştu onun. Hiç ama hiç kimse, belki hiçbir kuş, hiçbir böcek duymamıştı ama Hz. Süleyman [aleyhisselâm] karıncanın ne dediğini duymuştu. Sonra diğer karıncaların telaşla dağılıp yuvalarına çekildikleri ve ordusuna yol açtıklarını da görmüş, karıncalar kralının gücüne de şahit olmuştu. O da tek bir duyuru ile tebaasını yönlendirebiliyor, emir ve tavsiyelerine uymalarını sağlayabiliyordu. Ama şüphesiz ki rüzgâra hükmedemez, insanları ve cinleri peşinde sürükleyemezdi ... Kendisi kadar güçlü değildi. En azından insan değil, bir karıncaydı. Lâkin insana ibret kaynağı bir bilge karınca ...

Siz bir karınca ile konuşabilseydiniz, ne yapardınız?

Hz. Süleyman [aleyhisselâm] gibi bir mülke sahip olduktan sonra bir karıncanın da neler söylediğini duyup anlayabilseydiniz ... Ayaklarınız yerden kesilir, başınız gökyüzüne mi değerdi yoksa? Yoksa bir Firavun kibri ve gururu ile, "Ben sizin en büyük Rabb'inizim!" diye mi bağırırdınız

hâşâ... Kim bilir? Belki de Hz. Süleyman [aleyhisselâm] gibi bir tavır gösterir, tevazu ve edeple başınızı yere eğip, kulağınızı yüreğinize dayar teslim olurdunuz. Kim bilir ...

Hz. Süleyman [aleyhisselâm] teslim oldu.

Bir mülk ve saltanata erişince küçük dağları yaratmış edasıyla, ridâsını yerde kibirle sürüyen cahil ve zalimler gibi başkaldırmadı da teslim oldu. Dedi ki:

"Ey Rabbim! Bana, anne ve babama lutfettğin nimetine şükretmemi ve bana geride kalan ömrüm içinde senin razı olacağın iyi işler yapmamı ilham et! Rahmetinle beni de cennette salih kulların arasına dahil et ..." [22]

Aziz kâri ...

Kıssayı sana nakleden, inceliklerden yoksun bir aciz kuldur ki belki nükteyi iyice açıklayamadı. Lâkin ârife tarif gerekmez kavlince sen dilediğin kadarını al ...

22 Neml 27/19.

Ânın hikâyecisi gözünden yaşlar süzülerek dedi ki: Âh, bizler öylesine zavallı, öylesine güçsüz insanlarız ki uğradığımız en küçük bela, en önemsiz iptila bile çoğu zaman isyanımıza sebep olur da ahu enînimizle[23] âlemi figâna boğarız. Yüreklerimizi dolduran sıkıntı ile asılan suratlarımızdan yere düşen bin parça olur da hem kendi nefislerimize hem de çevremize yazık eyleriz. Binlerce nimetin ortasında ve o sayısız nimetlerin farkına bile varmadan yaşar dururuz da küçücük bir parçası elimizden çıkar çıkmaz, onları bedelsiz bağışlayan iradeye hâşâ karşı gelir, boğazlarımıza tıkanası sesimizi yükseltip nankörlük vadisine dalarız. Âh, biz öyle mâhileriz ki içinde yüzdüğümüz deryaların kıymetini bilmez, kazandıkları-

23 İnilti (editörün notu).

mızı bize kazandıran yüceler yücesi Rabbimiz karşısında, "Onları biz kazandık, onları ben kazandım ..." diye övünmeye koyuluruz. Âh bizim ne sabırdan haberimiz vardır ne şükürden. Teşekkür etmesini bilmez, isyan ve tuğyana dalarız. Oysa bir kez başımızı çevirip tarihin sahifelerine nazar etseydik ve o sahifelerin birinde Hz. Eyyûb'u [aleyhisselâm] okusaydık böyle mi olurdu?

Ânın hikâyecisine dedim ki: "Bize onu anlatsan keşke! Kör olmuş gözlerimizi açsan, sağır olmuş kulaklarımıza kelâmını duyursan. Ve bizim taşlarca katılaşmış kalplerimize rahmetin yağmurlarını yağdırsan ..."

Eyyûb, dedi ânın hikâyecisi, İbrahim'in [aleyhisselâm] torunlarından Ays b. İshak'ın soyundandı. Annesi Hz. Lût'un [aleyhisselâm] kızı, babası Hz. İbrahim'in [aleyhisselâm] ateşe atıldığı gün iman eden salih müminlerden bir mümindi.

Sonra o, Hz. Yusuf'un [aleyhisselâm] Züleyha'dan olma oğlu Efraim'in kızı Rahime Hatun ile de evlenen, yüceler yücesi Allah'ın, nebîlik bağışladığı salih kullarından biriydi.

Uzun boylu, güzel, büyük gözlü, geniş göğüslü, nur yüzlü bir insandı ki onu görüp de sevmemek, onunla konuşup da mutlu olmamak mümkün değildi. Ürdün beldelerinden birinde yaşar, sayısız nimetler içinde iyilik, hayır ve cömertliğin timsali olarak ömür sürerdi. Güzeller güzeli bir hanımı, ay yüzlü kızları, civanmert ve sevimli oğulları vardı. Büyük dedesi İbrahim'in [aleyhisselâm] Hanîf dini üzere yaşar, insanların en halîm ve uslusu, en kerim ve cömerdi, en yumuşak huylu ve merhametlisi olarak tanınırdı.

Yetimler, yoksullar ve dullar kapısından asla boş çevrilmez, sofrasından misafir eksik olmazdı. Konuksuz gecelemediği, sofrasında bir fakir bulunmadıkça yemek yemediği söylenirdi. Açların karınlarını doyurmadıkça kendi karnını doyurmaz, çıplakları giydirmedikçe kendisi giyinmezdi.

İşte dünyanın pek çok nimeti, bolluk ve bereketi, iyilik ve hayrı içinde yaşarken birden bire, Rabb'inin çetin imtihanı ile karşı karşıya geliverdi. Yüceler yücesi Allah hem devrinde yaşayanlara hem de daha sonra yaşayacak olanlara bir ibret olsun diye iptilalar ve başına sağanak gibi yağan türlü musibetlerle sıkıntı ve eziyet sahrasına çekti onu.

İçinde mutluluklar ve sevinçlerle dolaştığı kâşânesi yıkıldı ve ay yüzlü kızları ve oğullarının tamamı bir lahzada ahirete göç etti.

Bu öylesine büyük bir acı ve birden bire bastıran öylesine büyük bir iptila idi ki dayanmak için herhalde ancak Eyyûb'un [aleyhisselâm] sabrı gibi bir sabra sahip olmak gerekir.

Yıllarca sevgi ve şefkatle büyüttüğün, yemeyip yedirdiğin, giymeyip giydirdiğin cennet meyvesi bir yavrun ölecek de sen susacak, sabredeceksin. Hz. Eyyûb'un [aleyhisselâm] bir değil birçok yavrusu bir anda başlarına çöken bir tavan altında ve üzerlerine yıkılan taş duvarlar arasında ruhunu teslim etti.

O, evlatlarının acısı içinde kıvranıp dururken bir de hastalığa yakalandı ki anlatması müşkildir.

Artık yemeği ancak iki elini birleştirerek tutup ağzına güçlükle götürüyor, ayakları vücudunu taşıyamıyordu. Dili dudağı kurumuş, söz söylemekte güçlük çeker bir hale gelmişti. Her yanında yaralar peydah olmuştu ve sürekli acı veren bu yaralara bir de yıllarca nimet ve ihsanını esirgemediği zavallı insanların ağular gibi acı sözleri katılmıştı.

Şimdi o, yıllarca nimet ve ihsan içinde geçindirdiği birtakım kimselere avuç açar hale gelmişti. Tıpkı yoksul düşmüş bir padişah gibi …

İnsan bir kez düşmeye görsün böyle, bir lokma ekmek uzatanlar, artık onu da başına kakacak, ölse de kurtulsak diyecekler.

Hz. Eyyûb'a [aleyhisselâm] bakınız …

Bütün oğul ve kızları ölünce elinden tutacak, yardım edecek kimsesi kalmamıştı. Akraba ve dostları ondan yüz çevirmiş, ilgilerini kesmişlerdi. Tanıdıkları kendini tanımazlıktan geliyor, bütün hakları inkâr ediliyordu.

Seslense sesine cevap veren, bir yudum su istese uzatıp sunan hiç kimse kalmamıştı çevresinde. Halk, artık hasta ve bitkin Eyyûb'u [aleyhisselâm] aralarında bile görmek istememiş ve kasabanın dışına çıkarmıştı. Üzerine iğreti bir gölgelik gerilmiş ve yapayalnız bırakılmıştı orada. Yanına zevcesinden başka uğrayan olmuyor; fakat o, hanımının her türlü ricasına rağmen uğradığı bela ve musibetlerin kaldırılması için Rabb-i Zülcelâl'ine dua ve niyazda bulunmuyordu.

"Ben!" diyordu, ancak duyulabilir bir sesle: "Ben ancak Rabbim'e şükredeceğim ve verdiği her mihnete katlanacağım

..." Sonra kaybettiği servete, evlat ve sıhhate ağlayan zevcesine soruyordu:

"Onları bize kim ihsan etmişti ki?"

"Allah!" diyordu zevcesi.

"Peki, onlardan kaç yıl yararlandık?" diye tekrar soruyor ve, "Seksen yıl ..." cevabını alınca, "Kadınım ben bu iptilaya düşeli henüz yedi yıl bile olmamışken Rabbim'den utanmayıp da nasıl yeniden nimetler ve sağlık isteyebilirim ki?" diyordu.

İptila şiddetlendiği ve acıları arttığı zaman, "Yâ Rabbi!" diyordu, "Hamd ancak sana mahsustur. Sen bana ihsanda bulundun, mal verdin, evlat verdin. Kalbimde bunların girmediği bir bölüm kalmadı. Sonra hepsini benden geri aldın, kalbim boşaldı onlardan. Artık benim aramla senin arana hiçbir şey girmeyecektir. Rabbim ... Artık gözümü kulağımı, gecemi ve gündüzümü senin zikrin, şükrün, takdis ve tehlilinle geçiriyorum. Hatalarım sebebiyle beni bağışla. Beni isyan eden bir şakî, nefsine mağlup bir nankör kılma. Kahrın da hoş lutfun da hoştur yâ Rabbi!"

İşte böyle yaşıyordu Hz. Eyyûb [aleyhisselâm]. Tam on sekiz yıl bu iptilalar içinde şükredip durdu da bir gün olsun isyana yeltenmedi. Lâkin gönül gözleri kör olmuş birkaç zavallının, "Allah Eyyûb'a acımıyor, eğer onda bir hayır olsaydı onu bunca bela içinde bırakmaz, hastalığını iyileştirirdi" dediğini duyunca yüreğinden vuruldu. Her türlü beladan, her türlü sıkıntıdan daha ağır ve acıydı bu sözler. O vakit, "Rabbim!" dedi. "Sana mâlumdur ki bir aç kimse görsem, onun karnını doyurmadan uyumazdım. Bir çıplak kimse görsem üzerime asla gömlek giymez, önce onu giydirirdim, biliyorsun. Bu adamlar bana zulmediyor, şükrümü ve teslimiyetimi anlamıyorlar. Ey Rabbim, sen esirgeyicilerin en esirgeyici olanısın. Halimi görüyor, kalbimi biliyorsun. Eğer mühletim dolduysa beni bu iptilalardan kurtar!"

Rabb-i Zülcelâl, kulunun imtihanı hakkıyla kazandığını biliyordu tabii. Artık Eyyûb'un [aleyhisselâm] âlemlere ibret olan sabrı gerçekleşmiş ve bu sabrı cümle âlem hayretler içinde görüp yaşamıştı.

"Ayağınla vur yere!" denildi Eyyûb'a [aleyhisselâm]. *"İşte, hem yıkanılacak hem içilecek bir sudur bu ..."* [24]

Sabrın timsali Eyyûb [aleyhisselâm] bu emir üzerine ayağını yere vurdu ve fışkıran gözelerden içerek yıkandı. Bütün hastalıklardan sıyrıldı bir anda. Eskisin-

24 Sâd 38/ 42.

den daha güzel, daha sağlıklı bir kimse haline geldi. Sonra Allah, onun gibi ibadet ve sabredenler için bir hatıra, temiz akıl sahipleri için bir ibret olsun diye, hem ailesini hem onlarla birlikte bir mislini daha bağışladı. Yeni oğulları, kızları doğdu. Yeni mallara ve mülklere kavuştu, eskisinden kat kat daha fazla.

Eyyûb'u [aleyhisselâm], bir iptilaya maruz kalırsa sabredemez ve şükredemez sanan İblîs'in çığlık çığlığa nasıl o civardan uzaklaştığını bir görseydin şaşar kalırdın, diye bitirdi sözlerini ânın hikâyecisi.

İblîs hâlâ Hz. Eyyûb'un [aleyhisselâm] sabrı gibi sabredenlerden kaçıp duru haberiniz olsun, dedi.

Başka Bir Secde Yeri

119

Esselâmü aleyküm ve rahmetullah, diye söze başlayan ânın hikâyecisi, içinden kapkara dumanlar çıkan bir azap bulutunun Ninova üzerine çöktüğünü söyleyince korkuyla büzülüp kaldım. Bulut, yüz binden fazla insanın yaşadığı bu kadim şehri bürümüş, evlerin damlarını karartmaya başlamıştı.

Oraya buraya koşan ve ümitsiz çırpınışlarla etrafa dağılan şehir ahalisi aradıkları adamı bulamayınca, "Allah'a iman ve günahlarımıza tövbe ettik!" diye bağrıştılar. "Ey daima diri olan!" dediler, "Ey kendi zatı ile kaim olan ve bütün varlıkları ayakta tutan! Ey hiçbir canlı bulunmadığı zaman diri olan! Ey ölüleri dirilten diri, ey kendisinden başka ilâh bulunmayan Allah! Biz Yunus'un söylediklerine iman ettik ..."

Âh, dedi ânın hikâyecisi, bu insanlar tam otuz üç yıl kendilerini Hakk'a çağıran Nebî Yunus'a [aleyhisselâm] iman etmemişlerdi de, işte şimdi o, aralarından çıkıp gittikten sonra tövbe ediyorlar. Rabb'in çizdiği kaderi kim değiştirebilir ki? O dilerse kalpleri doğrultup tövbeleri kabul eder, dilerse kalpleri saptırıp mühürler.

O günü bir görseydin ... Sanki otuz üç yıl inkârlarında direnen bir şehrin ahalisi değildi bunlar. Hepsi kaba elbiseler giymiş, kadın erkek, çoluk çocuk, hayvanları ile birlikte, yüksekçe bir tepeye çıkmışlardı. Analar ve yavrular birbirlerinden ayrılmış, tövbe ve niyazın sesi arşı titretmeye başlamıştı. Başlarına toz toprak saçıyorlar, niyetlerini halis kılarak imanlarını açıklıyorlardı. Öylesine göz yaşı döküyorlardı ki sanırsın yağmurlar boşanıyor gökyüzünden. Erkek-kadın, genç-yaşlı, herkes ağlıyordu. Kırk gün kırk gece Allah'a yalvardılar, yakardılar. Aralarındaki her türlü haksızlığa son vererek ve hatta, binaların temellerine haksızca koydukları taşları dahi söküp sahiplerine iade ederek Rab'lerinden bağış dilediler.

Üzerlerine çöken azap bulutu dağılırken, onlardan habersiz bir kıyıya erişmiş bulunan Yunus nebî [aleyhisselâm], kavminin helâk olduğu haberini bekliyordu.

Aslında acele etmiş ve Rabb'inin kesin izni çıkmadan Ninova'yı terketmişti. Otuz üç yıl sabrettikten ve kendisine bu süre içinde sadece iki kişinin iman ettiğini gördükten sonra daha fazla dayanamamış ve izn-i ilâhîyi beklemeden vazifesinin başından ayrılmıştı. Önceleri bir cezaya çarptırılmayacağını sanıyordu. Ama bindiği gemi fırtınaya tutulunca ve yolcular içlerindeki suçlu kimseyi denize atmak isteyince, o suçlunun kendisi olduğunu anladı. Buna rağmen aralarında kura çektiler, kura da kendisine çıkınca, "Nefsime yazık ettim" diyerek karanlık sulara atladı.

Kendisini kocaman bir balığın yuttuğunu, ama balığın bir zarar vermediğini farkedince, "Yâ Rabbi!" diye inledi, "Hiç kimsenin secde etmediği bir yeri, balığın karnını ben senin için mescid edindim.

Yâ Rabbi! Senden başka ilâh yoktur, seni tenzih ederim. Evet, hiçbir şey seni aciz bırakamaz. Sen hiç kimseye haksız yere ceza da vermezsin. Benim başıma gelen bu felaket iznini beklemeden kavmimi terketmem sebebiyledir. Şüphe yok ki ben acele ettiğim için kendimi tehlikeye düşürdüm. Nefislerine zulmeden kimseler gibi oldum ..."

Nebî Yunus [aleyhisselâm] böyle niyaz ediyordu işte. Karanlık suların dibinde, bir balığın karnında istiğfar ediyordu.

Gafûr ve Rahîm olan Mevlâ, kusurunu itiraf edip de af niyaz eden kimi kovmuş ki kapısından, Yunus nebîyi [aleyhisselâm] kovsun?

Balık, yüceler yücesi Rabb'in emriyle Hz. Yunus'u [aleyhisselâm] bir kıyıya çıkartıp bıraktı da Yunus nebî [aleyhisselâm] bitkin vaziyette uzanıp kaldı.

Eğer çok tesbih edenlerden olmasaydı herhalde insanların tekrar diriltileceği güne kadar balığın karnında kalacaktı.

Hasta olarak açık bir yere bırakıldı ve üzerine gölge olsun diye bir nebat yetiştirildi. Sonra kendine gelip sıhhatine kavuşunca kavmine erişmek üzere yola çıktı. Topluca iman edip de azaptan kurtulan Ninova ahalisi onu karşıladı. Bağırlarına bastılar ve bir sevgi yumağı olup kuşattılar çevresini.

Nebî Yunus [aleyhisselâm] daha sonra yuları hurma lifinden örülmüş bir kızıl deve üzerinde, sırtına yünden bir abâ geçirmiş olarak, "Lebbeyk, Allahümme lebbeyk!" diyerek, hac için Kâbe'nin yollarına düştü.

Onu âlemlere ibret olsun diye gönderen ve yüce kitabı Kur'an'da kıssasını nakleden Mevlâ, ne güzel öğütler ve ibretler sunuyordu kullarına.

Nebî Yunus'un [aleyhisselâm] kıssasıyla ilgili diyordu ki:

Ey insanlar! Hakk'ı tebliğden asla usanmayın ve Hak'tan asla ümit kesmeyiniz. Rabb'in izni olmadan kim bir iş yapabilir, yapsa başarıya erişebilir ki? Her daim Allah'ın hükmünü bekleyerek sabrediniz. Kusurunuzu bilip itiraf eder, tövbe ve istiğfar ile aff-ı ilâhîye iltica ederseniz kurtulursunuz.

Her kim hangi bir gam ve şiddetten dolayı Hz. Yunus'un [aleyhisselâm] duası ile dua ederse ve "Lâ ilâhe illâ ente sübhâneke innî küntü mine'z-zâlimîn" derse onun duası Allah'ın izniyle kabul olur.

Allah dilerse ateş İbrahim'i [aleyhisselâm] yakmaz, bıçak İsmail'i [aleyhisselâm] kesmez, deniz Musa'yı [aleyhisselâm] boğmaz ve bir balığın karnında saatler ve belki de günlerce duran Yunus nebî [aleyhisselâm] kurtulur. Bir balığın karnı dahi olsa zulmetleri aydınlatacak olan tesbihtir, tenzihtir. Yüce Allah'a dua etmek onu zikretmektir. Zindanları müminlere gülzar eden Mevlâ'nın şanı ne yüce, kudreti ne sınırsızdır.

Tövbe ediniz ey insanlar! Hatalarınızda ısrar etmeyerek tövbe ve istiğfar ediniz. Rabb'iniz Rahmân ve Rahîm'dir ki O'ndan gayri kim bağışlayabilir sizi?

Cihadınız için ömürlerinizi veriniz. Bir kurban gibi uzatınız başlarınızı. Hiç kimse bizi dinlemiyor, taşlar dahi sözlerimizi duysa imana gelir de bu insanlar inanmaz demeyiniz. Kalpleri yed-i kudretinde tutan Allah, sınırsız bağış ve hidayet sahibidir. Ümitvâr olunuz. Zulmün nihayete ereceğine, İslâm'ın er yahut geç mutlaka muzaffer olacağına kati olarak iman ediniz.

Necat ve kurtuluş müminler içindir. Yunus'u [aleyhisselâm] gamdan nasıl kurtarmış, nasıl selamet vadesine eriştirmişse müminleri de nec at ve kurtuluşa eriştirecek olan O'dur. Sabrediniz. Mallarınız ve canlarınızla Allah yolunda cihad edip şereflerin en yücesine tâlip olunuz. Kıssa-i Yunus'tan ibret alarak

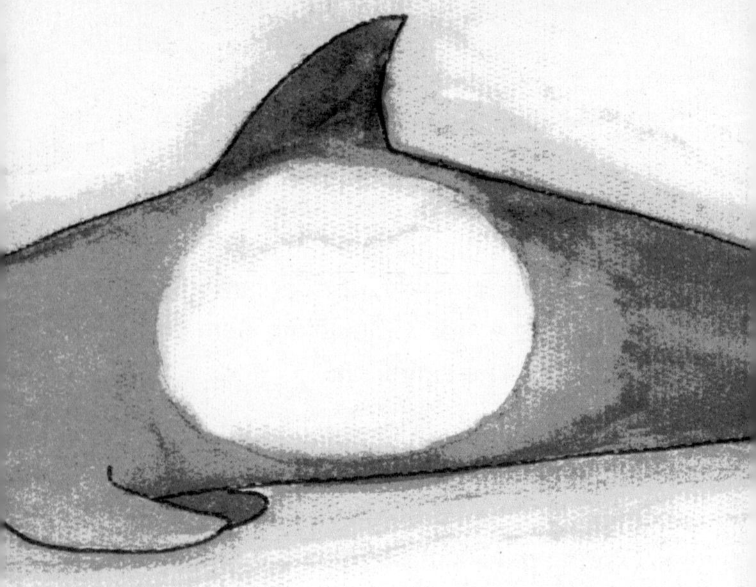

ve dahi gönül gözlerinizi açarak Mevlâ'nızın en güzel isimleriyle zikrin ummanlarına dalınız. *"İyi biliniz ki kalpler ancak Allah'ın zikriyle tatmin olur."*[25]

"O ne güzel vekil ve ne güzel yardım edicidir." [26]

25 Ra'd 13/28.

26 Âl-i İmrân 3/173.

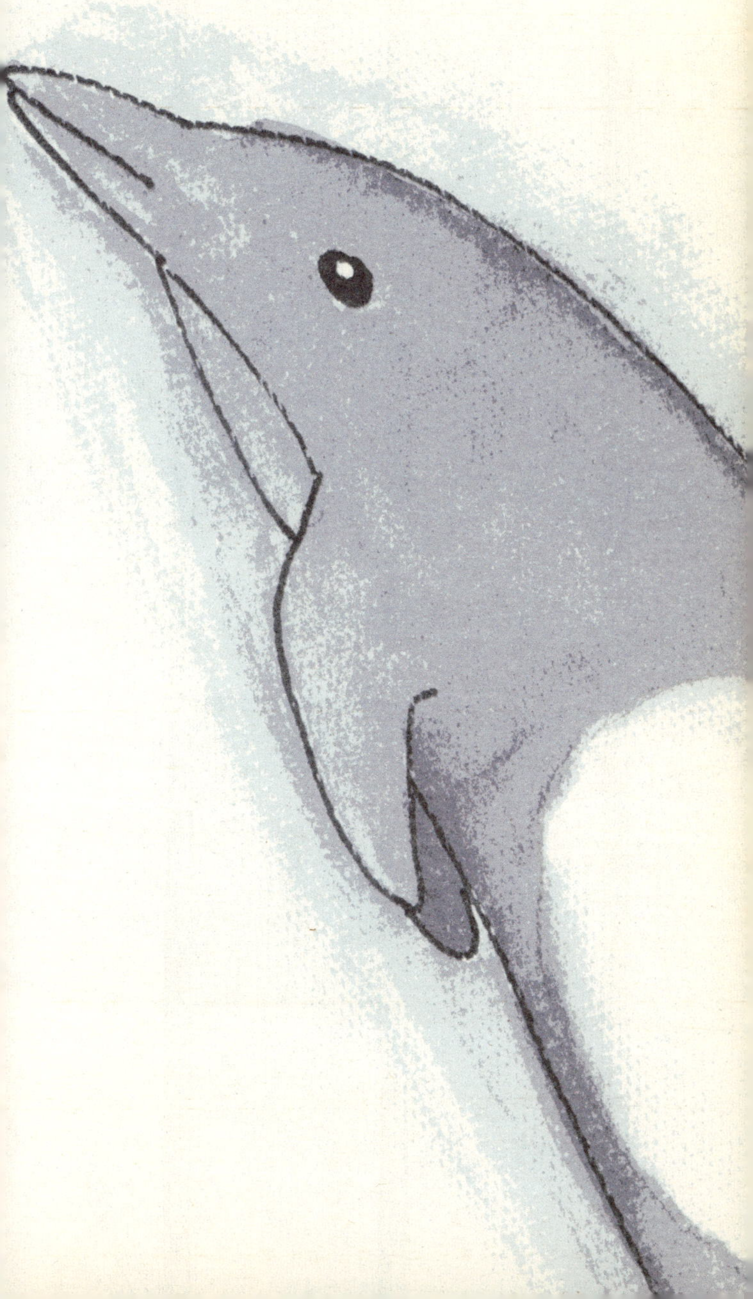

Herodiya'nın Kızı

129

Taşlanmış ve kovulmuş İblîs'in kibir ve günah tahtına kurulup, kimselere görünmeden korkunç kahkahalar savurduğu kapkaranlık bir geceydi. Gece, Kudüs üzerine çökmüş, şehrin Romalı valisi Heredos'un gözlerini kör etmişti. Tıpkı İblîs gibi kibir ve günah tahtına oturmuş, hizmetçilerinin sunduğu içkileri dikiyordu başına. Şehrin günahta yarışan serkeşleri de etrafında yer almış, kurdukları köle düzeni şerefine kadeh kaldırıyorlardı.

Heredos, metresi Herodiya'nın baygın gözlerine dalıp gitmişti. Bir an önce Herodiya'nın dansöz kızının gösteriye başlamasını istiyordu.

Bu sıralarda dansçı kızın, duvarlarından sular sızan bir zindan hücresinde günahtan çok korkan Hz. Yahya'ya [aleyhisselâm] yalvarmakta ve aşkını ilan etmekte olduğunu birkaç nöbetçiden başka kimse bilmiyordu.

Herodiya'nın kızı; ilmin, şefkatin, merhamet ve takvanın sembolü haline gelmiş olan bu genç ve asil peygamberi valinin yanında birkaç kez görmüş, gördüğü andan beri de yüreğini yakan ateşi söndürememişti.

Heredos, Yahya'dan [aleyhisselâm] bir fetva istemişti. Kardeşinin karısıyla evlenmek istiyordu. Yani dansçı kızın annesi Herodiya ile. Yahya [aleyhisselâm], "Asla câiz değildir!" demişti. Heredos ve annesi Herodiya başbaşa vermiş ve Peygamber Yahya'nın [aleyhisselâm] istedikleri fetvayı verinceye kadar zindanda durmasına karar vermişlerdi.

Bu, zulmün tâ kendisi, haksızlığın dikâlâsıydı ama hakkı kim arıyordu ki ...

Heredos, Yahya'yı [aleyhisselâm] kıskanıyor ve aslında hemen öldürmek istiyordu. Lâkin şöhretinden, halk arasındaki haklı ve yaygın ününden çekiniyordu.

Peygamber Yahya [aleyhisselâm], mukaddes mescidin başimamı ve yahudilerin efendisi Hz. Zekeriyya'nın [aleyhisselâm] oğluydu. Daha küçücük bir çocukken ilim ve hikmet sahibi olmuş, akranları arasında seçkin bir yer edinmişti. Etkili bir görünüşü, yürekleri yerinden oynatan tesirli bir konuşması vardı. İnsanları günahlardan tövbeye davet ediyor, daha sonra yıkanıp temizlenmeleri için Ürdün ırmağında onların başına sular döküyordu. Yahya'yı [aleyhisselâm] sevmeyen, ona zarar vermek isteyen hiç kimse yoktu. Her tarafta o konuşuluyor, dağlarda, kırlarda, çöllerde geçirdiği günlerden, hiç durmaksızın göz yaşı dökerek Allah'a yalvarmasından, vahşi hayvanların mağaralarında gecelediğinden bahsediliyordu.

Şefkatiyle cihanı kucaklayan bu nebî, işte şimdi azgın, dar görüşlü, anlayışsız ve çirkin bir zorbanın, Heredos'un zindanlarında çile dolduruyordu.

Dansçı kız, bir an Yusuf'a [aleyhisselâm] sevdalanan Züleyha gibi ne yapacağını şaşırmış, ibadetini bitirip oturan Yahya'nın [aleyhisselâm] güzel yüzüne bakmaya başlamıştı. Ne söyleyeceğini, aşkını nasıl itiraf edeceğini bile bilmiyor, heyecan içinde titriyordu.

"Sen de" dedi, "Benim seni sevdiğim kadar beni sever misin?"

Hz. Yahya [aleyhisselâm] günaha davet edildiğini hissetmiş, bu dansçı kızın özünde var olan ihanet ve zulmü bilmişti.

Gözlerini zindanın soğuk taş duvarlarına çevirerek,

"Kalbimde Allah'tan başkasının sevgisine yer yok!" diye cevap verdi.

Herodiya'nın dansçı kızı böyle bir cevap beklemiyordu. Güzelliği karşısında diz çökmeyen ve sevgisine asla karşılık vermeyeceği belli olan bu adama karşı birden bire amansız bir kin ve nefretle doldu yüreği. Elinden gelse uzun tırnaklarını yüzüne geçirip yırtacak, hemen oracıkta Hz. Yahya'yı [aleyhisselâm] öldürecekti.

"Sana gösteririm!" diye fısıldadı kinle. "Sana gösteririm!"

Nebî Yahya [aleyhisselâm], artık onu unutmuş, kendi iç dünyasına, Allah'ı zikre ve ibadetlerine koyulmuştu.

Dansçı kız zindanın merdivenlerini hızla çıkıp odasına girdi. Hemen dans elbisesini giyinip, kendisini bekleyen Heredos ve serkeşlerinin bulunduğu büyük salona geçti.

Bugün Heredos'un doğum günüydü ve o, kendisinden bugünün anısına bir kez dans etmesini istemişti. Annesi Herodiya da kaş göz işareti ile kızını teşvik ediyor, belki arsız ve hayâsız bir eda içinde onu satılık bir mal gibi pazara sürüyordu.

Artık ne olursa olsun, diye geçirdi içinden dansçı kız. Benim için Yahya'yı [aleyhisselâm] öldürmekten başka kurtuluş yok. Ondan mutlaka intikam alacağım. Hem böylece annemin de istediği gerçekleşmiş olacak.

Dansçı kız, çalgılar arasında dansa başladığında bütün nefesler kesildi. Heredos başına birbiri ardına diktiği kadehler sebebiyle kendinden geçmeye başlamıştı. Kafasına ince bir ağrı saplanmış, tuhaf, anlatılmaz bir sıkıntı doldurmuştu bedenini.

Bütün bu belirsiz sıkıntı ve ağrıları Herodiya'nın kızı giderecekti şimdi. Ve o, çılgınlar gibi dans ediyordu.

Koca salonda çıt çıkmıyordu.

Yedinci dansta Heredos'un önüne geldi ve insanların kanını dolduran bir eda içinde durdu. Bir şey ister, bir şey bekler gibiydi sanki.

Kendinden geçen azgın Heredos,

"Benden istediğin her şeyi şu anda sana vereceğim" dedi.

Herodiya'nın kızı, salonu donduran herkesin yüreğini hoplatan bir istekte bulundu:

"Zekeriyya'nın oğlu Yahya'nın başını istiyorum!"

Heredos da ateşe basmış gibi irkilmişti birden. Kendine gelir gibi oldu. Bu, çok büyük bir işti ve Yahya'yı [aleyhisselâm] öldürmek bütün insanların lânetini üzerine çekmek demekti.

"Benden başka bir şey iste" dedi.

Dansçı kız, tavrını hiç değiştirmemişti.

"Zekeriyya'nın oğlu Yahya'nın kanını istiyorum!"

Heredos göz ucuyla etrafında toplanan devlet erkânına, metresi Herodiya'nın gözlerine ve nihayet dansçı kızın yüzüne bakarak ve elindeki şarap testisini hırsla ağzına götürerek, muhafızlarına,

"Yahya'yı öldürün!" dedi.

Muhafız alayının komutanı, askerlerine emirler yağdırdı ve onlar bir lahzada zindana inerek namaza durmuş bulunan yüce nebînin baş ucuna geldiler.

Günahkâr ellerde parıldayan, ustura keskinliğinde kılıçlar havaya kalktı ve henüz otuz iki yaşında bulunan şerefli elçi Yahya'nın [aleyhisselâm] temiz ve asil boynuna indi. Sonra kanlı ve hoyrat eller bu boynu vücudundan kopardılar ve Nebî Yahya'nın [aleyhisselâm] başı gümüş bir tepsiye konularak Heredos'un bulunduğu salona götürüldü.

Dansçı kız dönüp baktı.

Orada, o gümüş tepsi içinde kendisine sunulan baş, kanlarla yıkanmış kocaman bir yakut gibi duruyordu. Ve Nebî Yahya'nın [aleyhisselâm] tepsiden yere damlayan birkaç damla kanı, zalimler güruhunu cehenneme davet eder gibiydi ...

Göz Aydınlığı

139

"Keşke ben bundan önce ölmüş olsaydım da unutulup gitseydim. Hiç yaşamamış olsaydım keşke. Kimse adımı bilmese ve tanımasaydı ..." diyordu kadın. Yokluğun girdabında, acıları ve utançlarıyla kahroluyordu. Nereye kaçacak, kime, nasıl anlatacaktı derdini? Onu kim dinleyecekti?

Yürekleri kin, nefret ve iftira çamurlarıyla kirlenip kararmış bu gözü dönmüş adamlar mı onu dinleyip, ona hak vereceklerdi? Heyhat, her şey öylesine zor ve öylesine imkânsızdı ki.

Sahrayı donduran bu soğuk rüzgârdan sığınacak bir yer gerek. Kovuğuna sığınılacak bir ağaç. Belki şuradaki yapraksız ve meyvesiz hurma ağacı. Sırtını ona dayasa, gözlerini kapasa ve bütün hayatını unutup gitse. Sancılar da nasıl sıklaşıp soluğunu kesiyor. Gözleri nasıl kararıyor böyle.

Midesi nasıl bulanıyor. Gökyüzü fır fır dönmekte. Tenhada kurdun ve kuşun sesi uğuldamakta, belki yıldızlar birbirine çarpıp dipsiz ve kör kuyulara düşmekte.

Düşe kalka ilerlemekte kadın. Tâ kurumuş hurma ağacının dibine kadar. Soğuk iliklerine işlemekte ve büyümüş karnında bir garip canlı kımıldamakta.

"Keşke daha önce ölüp gitseydim..." diyor kadın, kim bilir kaçıncı defa. Ve kim bilir kaçıncı kez dişlerini sıkarak, dudaklarını ısırarak ... Gözlerinden iri damlalar halinde yanaklarına süzülen yaşlarla ... Heyhat, bütün gerçekliğiyle hamlini[27] vazetmek üzere. Eline bir erkek eli değmediği ve hiçbir vakit evlenmediği halde doğum yapacak. Buna kim inanır ve onu kucağında bir bebekle görenler ne der? Hani mukaddes mescidde ondan daha fazla ibadet eden kimse yoktu. Hani ondan daha utangaç, daha iffetli, daha vakarlı kimse yoktu ...

27 Hamilelik (editörün notu).

İlim ve fazilet sahibi İmrân'ın kızı değil miydi o? Yavrusunu daha doğmadan mescidin hizmetine adayan iman ve iffet sembolü Hanne'nin kızı değil miydi? Nebî Zekeriyya'nın [aleyhisselâm] hanımı İşa'nın terbiye ve gözetimi altında büyümemiş miydi? Resûl Musa'nın [aleyhisselâm], Peygamber Harun'un [aleyhisselâm] soyundan gelmiyor muydu soyu?

Onu böyle kucağında bir bebekle görenler,

"Ey Meryem! Utanılacak bir iş yaptın. Ey Harun'un kız kardeşi! Baban kötü bir kimse değildi, annen de iffetsiz değildi" demezler miydi? Ne yapacaktı o vakit, nasıl cevap verecekti ve nasıl ikna edecekti onları? "Ben iffetsiz değilim, evet, hiçbir erkek eli dokunmadı elime, hiçbir kimseyle evlenmedim. Bu çocuk Rabbim'in kelîmesidir, burhanı ve mucizesidir. O, Âdem'i [aleyhisselâm] yoktan nasıl var ettiyse, bunu da babasız olarak var etti." diyecekti ama gülüp geçmeyecekler miydi o gözü dönmüş, yürekleri kararmış yahudiler?

"Âh, keşke hiç yaşamamış olsaydım yahut da daha önce ölüp gitseydim de kimse adımı bile hatırlamasaydı ..."

Melek Cebrâil'i [aleyhisselâm] bir insan sûretinde gördüğü zaman, iliklerine kadar titremiş ve ona "Eğer Allah'tan sakınan bir kimse isen, senden Rahmân'a sığınırım" demişti. Evet, öylesine korkmuş ve geri çekilmişti. Ama sonra Melek Cebrâil'in [aleyhisselâm], "Ben temiz bir oğlan bağışlamak için, Rabb'inin sana gönderdiği elçiden başkası değilim" dediğini duymuş, şaşkınlığı ve korkusu daha da artmıştı. Sıklaşan nefesleri boğazına sığmıyor, yüreği kafesinden fırlayacak gibi atıyordu.

"Ama" demişti, "Bana bir insan temas etmemişken, kötü bir kadın da olmadığım halde nasıl oğlum olabilir?"

Gerçekten böyle şey olur mu hiç? Görülmüş, duyulmuş şey mi bu? Bir kadın ya nikâhlı bir koca yahut fuhuş sebebiyle bir çocuk doğurabilir, aksi nasıl olacak? Meryem hiç evlenmedi ki çocuğu olsun, hele hiçbir an dahi iffetini kaybetmedi ki çocuğu olsun? Şimdi sorusuna nasıl cevap verecek bu elçi melek?

Gözleri kocaman büyümüş, cevabı beklemeye başlamıştı.

Melek Cebrâil [aleyhisselâm] tebessüm ediyor, rahatlatıcı bir eda içinde bakıyordu.

"Gerçekten durum senin dediğin gibi ey Meryem!" dedi Melek Cebrâil [aleyhisselâm]. "Bir kadının ancak evli ise yahut zina yapıyorsa çocuğu olabilir. Ancak yüceler yücesi Rabb'in, bu bana çok kolaydır, onu insanlar için bir mucize ve katımızdan bir rahmet kılacağız, hem bu önceden kararlaştırılmış bir iştir, diyor."

O zaman biraz rahatlamış ve yüreğini dolduran korkunun uçup gittiğini hissetmişti. Hemen sonra da hamile kaldığını.

Aradan aylar geçip gitmiş ve işte sancıları başlamıştı. Soğuğun şiddetinden kurumuş bu hurma ağacı dibinde acılar içinde kıvranırken her şey gözleri önüne geliyor, Melek Cebrâil'in [aleyhisselâm] sözleri yine kulaklarında uğulduyordu.

Lâkin sancılar artıp doğum yaklaştıkça az önceki sızı içini doldurmaya ve sızı bütün her şeyden daha ağır basmaya başlıyordu. Ne diyeceklerdi insanlar? Ne diyecekler, nasıl karşılayacaklardı bu çocuğu?

"Keşke ölüp gitseydim ..."

Meryem, dudaklarından bu sözler dökülürken çocuğu dünyaya getirdi. Sonra inanılmaz bir şey oldu ve bir ses duydu:

"Ey Meryem sakın üzülme! Rabb'in senin alt yanında bir su arkı vücuda getirdi. Hurma ağacını kendine doğru silkele de (yapraksız ve meyvesiz olduğu halde, şimdi meyvelerle yüklü hale gelen bu ağaçtan) üzerine olgun taze hurma dökülsün. Ye, iç. Gözün aydın olsun ... Eğer insanlardan birini görürsen 'Ben çok merhametli olan Allah'a oruç adadım, artık bugün hiçbir insanla konuşmayacağım' de. Çocuğunu işaret et. Senin yerine, insanlara cevabı oğlun versin ..."[28]

Meryem için bütün acılar bu sözleri duyunca bitti işte. Şerefli yavrusunu kucağına alıp göğsüne bastırdı. Küçük, temiz, güzel yanaklarından, gözlerinden öptü. Şefkatle, rahmetle, sevgiyle sarıldı ona. Babasız bir yüce varlıktı bu. Allah'ın Meryem'e üflediği ruhu, kelimesi ve mucizesiydi. Artık bir günlük bebeğin konuştuğunu ve onun, "Ben Allah'ın kuluyum. Bana kitap verdi ve beni peygamber yaptı ..." dediğini duyanlar Meryem'e hiçbir söz söyleyemez, iffet ve namusu hususunda asla şüpheye kapılmazlardı.

Yüceler yücesi Mevlâ, acıları dindirmeye ve mucizeleriyle kâinatı aydınlatmaya muktedirdir. Rahmet ve sevginin kaynağı, sonsuz iradedir O.

---

28 Meryem 19/24-26.

"O'na sonsuz ve sayısız hamdler ile hamdederiz" dedi Meryem, oğlunu bağrına bastırıp alnı dimdik, insanların bulunduğu tarafa doğru yöneldi.

Bel'am ile Ümeyye

149

Ânın hikâyecisi, el-Musavvir'in, kelâm ile tavsir ettiği portreyi hayal edince derin düşüncelere daldı. Birkaç cümle ile çizilen bu resimde ne engin bir teşbih, ne derin bir mana, ne yüce gerçek ve hikmetler gizliydi ... Kelâma tekrar tekrar atf-ı nazar eyledi tasvir ettiği ve el-Musavvir'in tasvir ettiği bu garip adamın ve sayısız benzerlerinin yaşadıkları bir ânı nakletmeyi istedi. el-Musavvir, A'râf sûresinde şöyle diyordu:

"Onun hali o köpeğin meseli gibidir ki üstüne varsan da dilini çıkarıp solur, üstüne varmasan da ..." [29]

Kim bu, bir hasis köpek gibi dilini çıkarıp soluyan adam? Bel'am b. Bâûrâ mı, Ümeyye b. Ebü's-Salt mı yoksa?

Bir doruktan baş aşağı çukura yuvarlanan Bel'amlar ve Ümeyyeler mi yoksa?

29 A'râf 7/ 176.

Âh, geceler onlar içindi. Kitaplar arasında geçirilmiş, bilgiyle ağarmış, riyâzat ve zikirlerle şenlenmiş upuzun geceler onlar içindi. Su içer gibi okuyor, durup dinlenmeden notlar alıyor ve sabahlara kadar bilginin denizlerinde inciler devşiriyorlardı. Güzel yüzleri nurlu, ak alınları ışıklıydı. Bir müşkiliniz varsa onların kapısını çalar, hallini isterdiniz. Sorularınız bir kar yumağı gibi eriyip giderdi, dudakları arasından süzülen gerçeğin sıcağıyla. Derdinizi onlara fısıldar, halinizi onlara arzederdiniz. Hep doğruyu gösterir, karanlıkları aydınlatan devâsâ bir kandil gibi ışıyıp dururlardı.

Çok uzak ülkelerden gelir, o bilgelerin eteğine yapışırdınız. Çare onların sözlerinde, derman onların özlerindeydi.

İlim ve ibadet denildiğinde parmaklar onları gösterirdi. Öylesine büyük bir şöhretin sahibi olmuşlardı ki isimlerini işittiğinizde saygıyla, hürmetle eğilir, isimlerini bir ihtiram edası takınmadan telaffuz etmezdiniz.

En yüksek kürsüleri onlar için kurar, kürsüleri önünde diz çöküp, başınız üzerinde kuş varmış gibi ve kıpırdayıp da onu uçurmamak ister gibi dikkatle ve sabırla sözlerini dinlerdiniz. Geçecekleri yollara ipek halılar, hatta yüreklerinizi sermek isterdiniz, basıp geçsinler diye.

"Onlar ay gibidir, karanlığımızı ısıtan. Ekmeğe suya olan ihtiyacımızdan daha fazladır onlara olan ihtiyacımız..." der, elbette zâhire göre hükmedip saygıyla yâdederdin onları.

Lâkin nereden bilebilirdiniz ki zirvelere konmuş bu kuşlar bir gün kendi kanatlarını kendileri kıracak ve zirveler yerine nefsin bataklığına çekiliverecekler. Heyhat, böylesine bir değişimi aklınıza bile getirmek istemezdiniz ya, onlar ellerini çoktan İblîs'in ellerine uzatmış ve sizi hayal kırıklıkları içinde yapayalnız bırakmışlardır!

Demek ki dışı altın suyuna batırılmış kalp bir akçe bile değilmiş onlar. Demek ki yalancı ve aldatıcı süslere bezenmiş, bir gelin edasıyla salınıp dururken, çirkin ve yaşlı suratlarını gizlemek istiyorlarmış da haberiniz yokmuş. Âh özlerde taşınan kötülükler, nefislerdeki gizli pislikler, yürekleri bürüyen kopkoyu karanlıklar.

İşte kürsüleri devrilmiş, burçları yıkılmış, iyi şöhretleri dehşetli bir inkılap ile kötü şöhretlere donüşüvermiş zalimler güruhu. Bel'am b. Bâûrâlar, Ümeyye b. Ebü's-Saltlar ...

Benzerleriniz de o kadar çok ki tarihte ve dahi günümüzde, sayılarınız öylesine kabarık ki ... Yüreklerimizi çatlatan bir korkuyla tir tir titriyoruz şimdi. Ya korkunç inkılaplar ile aydınlıklarımızı karanlıklara çevirir ve ömrümüzün âhirinde mutsuzluğu bir kefen gibi giyiverirsek sırtımıza. İlmimize, irfanımıza, bilgi, beceri ve başarılarımıza güvenip de hamîm[30] ummanlarına doğru kulaç atmaya başlarsak ... Ya şu aldatıcı güzelliklerin cazibesine kapılır da üç beş kuruşluk mallar, mülkler ve saltanatlar uğruna ruhumuzu İblîs'e peşkeş çekersek. Bütünüyle fâni olan bu varlıklar için mukaddesatımızı pazara döker ve iman, iyilik ve hayırlarımızı satılığa çıkarırsak ... Bundan emin olabilseydi Bâûrâ'nın oğlu Bel'am, Ebü's-Salt'ın oğlu Ümeyye emin olabilirdi belki. Heyhat, çukura ilk yuvarlanan onlardı. Yâ Rabbi, bizleri çukura yuvarlama, bizleri azabınla terbiye etme. Bizleri Bel'amlara benzetme yâ Rabbi. Bilgi ve hikmet hazinelerini küfrün ve zulmün hizmetine sunarak, en büyük müflislerin ordusuna katılan canilerden kılma bizi ...

Nefislerimizde bulduğumuz büyüklük ve yücelme hisleriyle bizleri hor ve zelil etme. Sefalet ve perişanlık batağında koyma bizi. Kürsülerimizi devirip, gökkubbeyi başımıza yıkma. Bizi nefsimiz elinde kör ve topal bırakma yâ Rabbi!

30 Kaynar su (editörün notu).

Bildiğimiz ve bilmediğimiz her türlü kötülüklerden ve dahi korkunla ürpermeyen kalpten, doymak bilmeyen nefisten ve fayda vermeyen ilimden sana sığınıyor, kapın önünde medetler dileniyoruz. Bizi bağışla!

Aziz okuyucu!

"İnsan ne oldum dememeli, ne olacağım demeli ..." diyor kelâm-ı kibar. Kibarca bir kelâm ki nice gerçekleri gün ışığına çıkartmakta.

Bel'am b. Bâûrâ, ne olacağım diyeceğine, ne oldum diye övünme yarışına çıkmıştı da âlemlerin Rabb'i onu, dilini çıkartıp soluyan bir köpeğe benzetti.

Ümeyye de ilim sahibi ve güya engin görüşlü bir kimseydi ama; Allah'ın, peygamberliği kendisine değil de, Âmine'nin yetimi Mustafa'ya [sallallahu aleyhi vesellem] verdiğini görünce isyana kalkışmıştı. İçi çürümüş kof bir hurma ağacı gibiydi sanki. Özünde biriktirdiği kibri öylesine azgındı ki peygamberliği kendisinden başka kimseye yakıştırmıyordu. Tıpkı imamlığı, reisliği, krallığı yahut başkanlığı kendisinden başka kimseye yakıştırmayanlar gibi. Tıpkı bir parça mürekkep yaladığı, birkaç kitap okuduğu, birkaç ülke gezdiği için her şeyi bildiğini sanan ve küçük dağları kendisi yaratmış edasıyla, burnunu havalara kaldırarak yürüyen zavallılar gibi.

Ümeyye, "Ben Arap'ın en büyük şairlerindenim; ilmim, şerefim, haysiyetim var. Adımı bilmeyen kimseyi kim gösterebilir? Ben Âmine'nin oğlundan üstün değil miyim ki peygamberlik ona veriliyor?" demişti.

Eyvah Ümeyye, eyvah! Bu sözlerin bir benzerini İblîs'in, Âdem'e secde etmekten kaçınırken söylediğini de bildiğin halde nasıl cüret ettin? Âlemlerin Rabb'i seçeceği peygamberi sana mı soracaktı? Sen ve senin gibi milyonlarca zavallı bir araya gelseniz, Resûl-i Ekrem'in [sallallahu aleyhi vesellem] saçından dökülen tek kılın değerine erişebilir misiniz sanıyorsun? Ve sanıyor musun ki şairlik, hatiplik, başkanlık, reislik ve ilim tek başına kurtuluş için yeter. İnsanların Allah katında en ekremi, takvaca en üstünü olan değil midir?

Kendine gelmeli ve bu kahrolası gururu söküp atmalı değil miydin yüreğinden? Yüreğini parçalayacak o dehşet gününden korkup da edep ve utançla başını yerlere eğmeli değil miydin?

Aziz okuyucu!

Allah'tan gayrı güvenilecek hiçbir şey yoktur, bilesin. Kula, Allah'ın kapısından gayrı açık bir kapı yoktur. Kürsüleri sadece O'nun kutlu rızası için kurmalı, ilmi ve irfanı sadece O'ndan daha çok korkmak ve O'nu daha çok sevmek için istemeli. İlmi ve irfanı üç beş kuruşluk fâni dünyanın basit menfaatleri karşılığında asla satışa çıkarmamalı. Yoksa üstüne varılsa da varılmasa da dilini çıkarıp soluyan köpeklere benzemek işten bile değildir.

Rabbimiz'den ayaklarımızı müstakîm yolunda sabit kılmasını dileyerek, hayırla tamamlanan ömürler isteyelim.

Kundağın Dili

Genç kadın, yılan dilli alevlerin savrulduğu korkunç hendeğin hemen kenarında duruyordu. Zaten bir kor parçası gibi dökülen güneş sıcağı, hendeği dolduran kütüklerin alevi ile birleşince dayanılmaz bir sıkıntı veriyordu. Güzel yüzü gömgök tere batmıştı. Kucağındaki dört aylık yavrusu da öylesine şaşkındı ki artık ağlamıyordu. Kocaman gözlerini açmış hemen arkalarında mızraklarının sivri uçlarını annesine dürtmeye çalışan ve kadını çukura doğru sürüyen çirkin suratlı adamlara bakıyordu. Bu adamlar hiç de oyun oynuyor gibi değillerdi ve anlaşılmaz sesler çıkartarak bağırıp duruyorlardı.

Genç kadın yüzünü yalayan alevlerden çocuğunu sakındırmak için yüzünü mızraklı adamlara döndürdü. Bu sefer mızrakların sivri ucu karnına, göğsüne, bacaklarına girmeye başlamıştı. Hatta mızrağın biri yüzüne batırılmakta, bu da korkunç bir acı vermekteydi.

Hiçbir tarafa kaçamıyordu. İçinde kömürleşmiş cesetlerin ve yılan dilli alevler savurarak yanan kütüklerin bulunduğu hendekle, acımasız mızrakların oltasına sıkışıp kalmıştı.

Çocuğuna baktı. Onun masum ve sevimli yüzüne, kocaman büyümüş gözlerine. Küçücük, kırmızı dudakları hafif aralanmış, yanaklarında gamzeler belirmişti. Sanki tebessüm ediyor ve, "Korkma anneciğim ..." diyordu.

Birden ona kavuştuğu doğum gününü hatırladı. Baharın gelinliğini giymiş bir kız edasıyla süzülüp geldiği, ağaçlarda beyaz, pembe çiçeklerin patladığı o mutlu günü. Kocası baş ucundaydı ve kundağına sarılı bebeği kucağına almış, "Rabbim, sana şükürler olsun ki beş yıl sonra bana bir oğul bağışladın ..." demişti. Sonra bebeği yanına yatırmış ve eşinin alnına öpücükler kondurarak mutluluklarının hiç bitmemesi niyazında bulunmuştu.

Şimdi bütün mutluluklar son bulmuştu işte.

Mızraklar ve içi ateş dolu hendekler arasındaydı. Başını çevirip yeniden çukurları dolduran kocaman kütüklere ve kütükler arasında kömürleşen yahut vücudunun yağları cızırdayarak yanan cesetlere baktı.

Kocasını daha aşağılarda bir yere götürmüşlerdi. Kim bilir belki de şu anda hendeğe itiklemişlerdi!

Yürek paralayıcı çığlıklar geliyordu aşağıdan. Tahammülü güç bir yanık kokusu sarıyordu Ümm-i Hark'ı ... Necran'ın üstünü kara dumanlar bürümüştü.

Hayat ve ölüm arasında, evet hiç ama hiçbir an yok gibiydi. Her şey ölüme perçinlenmiş, ölüm bir ateş çukuru olup uzanmıştı bedenine. Belki bir tek şey hayatla ölüm arasındaki bu ânı uzatabilirdi. Evet bir tek şey: "İnkâr ..." Dönecek ve diyecekti ki:

"Ben Hz. İsa'yı inkâr ediyor ve yahudi dinine giriyorum!"

İşte o vakit göğsüne, sırtına ve yüzüne batıp duran mızraklar geriye çekilecek; o, çocuğu ile birlikte ateş çukurundan uzaklaşarak evine doğru koşacaktı. Evet, inkârı karşılığı buna müsaade edeceklerdi. Zûnüvâs'ın duyurusunda vardı bu af. İnkâr karşılığı bağışlanma hakkı ...

Zûnüvâs'ın kararmış yüzü geldi gözleri önüne. Kocaman sarı dişleri, bir kurbağa gözü gibi patlamış çapaklı hasta gözü ve küçük bir devi andıran iri, hantal cüssesi. Kocaman, uzun tırnak elleri vardı Zûnüvâs'ın. Babası Ebû Kerb'e rahmet okutan bir kıyıcılık içindeydi ve belki şimdiye dek yirmi bin mümini bu çukurlarda yakıp kül etmişti. Hiçbir ayrıcalık tanımıyor ve yahudiliği kabul etmeyen herkesi diri diri yakıyordu.

Ebû Kerb'in ayakları kırılsaydı da Yesrib'e (medine'ye) gitmeseydi. Oradan yanına iki yahudi bilgini alıp bir canavar gibi dönmeseydi Yemen'e.

Ebû Kerb Yesrib'de yahudi dinini kabul etmiş, geri döndüğünde de herkesin bu dini kabul etmesini istemişti. Zulmü birkaç yıl sürmüş; fakat oğlu Zûnüvâs gibi, dininden dönmeyenleri ateş çukurlarına atmak aklına gelmemişti.

Zûnüvâs belki babasının bir an önce ölüp gitmesini, o ölüp gidince de tahtına oturup zulümlerin en korkuncunu uygulamayı bekleyip durmuştu. İsteği gerçekleşince de hemen Ümm-i Hark'ı boydan boya kuşatan bu çukurları kazdırıp, içine çıralar ve çıra gibi tutuşan kütükler doldurarak müminleri ateş dolu hendeklere yuvarlamaya başlamıştı. Bazı günler hendekler kenarına kurdurduğu tahtına oturuyor ve ateşe yuvarlanan kadınların, çocukların, yaşlı ve genç insanların yürek paralayan çığlıklarına kahkahalarla eşlik ediyordu.

Zûnüvâs'ı durdurmaya Allah'tan başka kimin gücü yetebilirdi ki ... Ama iki gün önce cesedi bu çukurlarda kömürleşen yaşlı bir mümin şöyle demişti: "Mevlâmız, Zûnüvâs'ın iplerini gevşetti. O, çılgınlar gibi cehenneme koşuyor. Perçemlerinden yakalanarak sürükleneceği gün yakındır ve Mevlâ'nın sabrı bizim sabırlarımız gibi küçük değildir. O, zulme sonuna kadar müsaade etmez ve hiçbir suçu müruru zamana[31] uğratıp cezasız bırakmaz!"

Zûnüvâs'ın Allah'ın mühlet ipi biraz uzunsa ve çekileceği ânı Allah'tan başka kimse bilmiyorsa, ipi elinde tutan Allah'ı inkâr aptallık olmaz mıydı? Allah'ı inkâr ederek yaşanılacak bir hayatı, hayat kabul etmek doğru muydu? Bir şeye yarar mıydı bu? Ateş dolu hendekler daha güzel bir sığınak değil miydi bu inkârdan?

Genç kadının yüzü aydınlandı bu düşünceler sonunda. Gönlünü kuşatan fe-

31 Zaman aşımı (editörün notu).

rahlık sebebiyle serinledi. Sanki ılık, dost bir rüzgârın estiği rayihalar dağıtan bir gül bahçesinin kapısındaydı. Ne var ki uzun sürmedi bu gönül hoşluğu. Kucağındaki biricik yavrusunun korkunç feryadı ile irkildi. Mızraklı adamlardan biri çocuğun yanağını yarmış ve hendekten uzanan bir alev yalımı[32] yavrucağın yaralı yüzünü kavurmuştu.

Daha fazla dayanamazdı. Kendisi için değildi, evet, kendisi için değil yavrusu için inkâr edecek ve kaçıp kurtulacaktı bu çukur ağzından. "Allahım, bağışla beni! İnkârımı bağışla!" diye inledi ancak kendisinin duyabileceği bir sesle. Sonra mızraklı canilere dönüp:

"Durun! Beni dinleyin, ben Yahudiliği ..."

Tam bu anda inanılmaz bir şey oldu ve her şey donup kaldı birden. Genç kadının kucağındaki bebek büyük bir adam gibi konuşmaya başladı:

"Kabul etme anne! Yahudiliği kabul etme ... Hz. İsa'nın tebliğ ettiği karşılık küfrü satın alma! Rabb'inin ezelî azabını düşün ve inkârcı olma!"

Genç kadın yavrusunun kanayan yanağını öpmeye koyulmuşken mızraklı

32 Kıvılcım (editörün notu).

canilerin gözleri değirmen taşı gibi büyümüştü. Onu itip hendeğe düşürdüler ama nöbetçilerden birinin çukurun içinde ve alev kütükleri arasında yavrusuna sarılan ve artık yanmaya başlayan genç kadının yüzündeki erişilmez gülücüğü farkedince çılgınlar gibi koştuğu ve az ötede kahkahalar savuran Zûnüvâs'ın yakasına yapışarak:

"Ben de müslüman oldum, ben de müslüman oldum!" dediği duyuldu. Ve sonra onun, kendiliğinden, ateş çukurlarına doğru koştuğunu gördü herkes ...

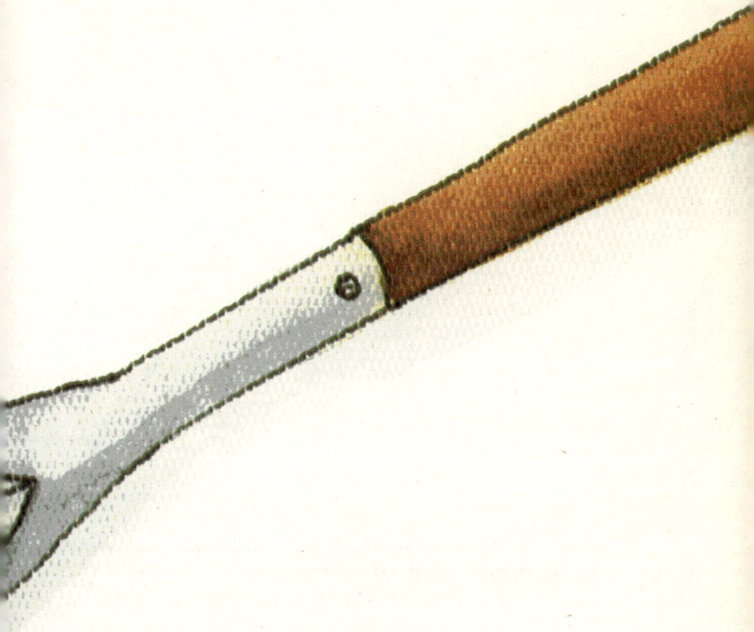

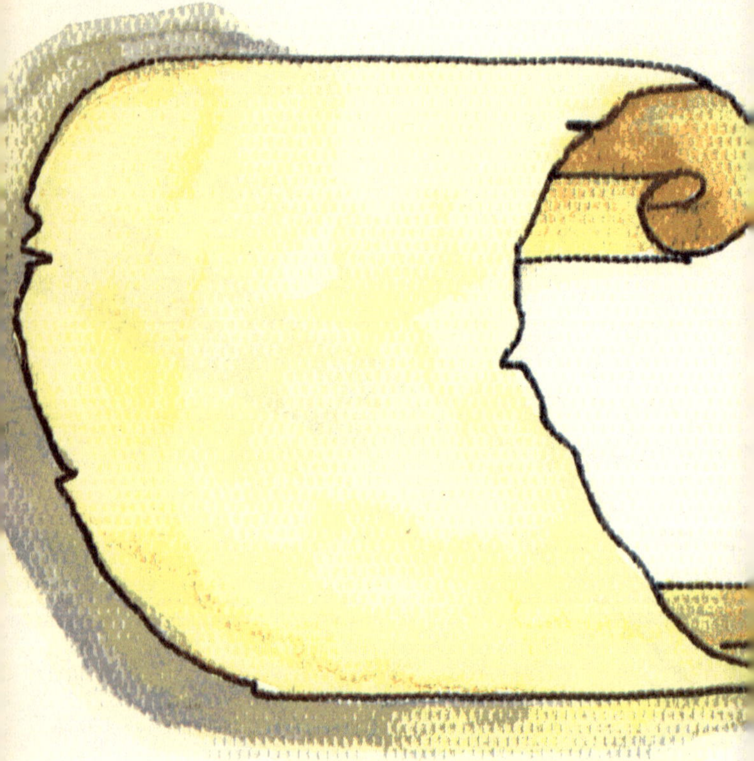

Ukâz'daki Adam

169

Sûk-ı Ukâz'da bir kızıl deve, deve üzerinde nur yüzlü bir pîr-i fâni duruyordu. "Bülegâ-yı Arap" uzak ve yakın diyarlardan binekli veya yaya çıkıp gelmiş, Arafat eteklerindeki bu panayırda konaklamışlardı. Cümle şairler, cümle edipler söz meydanında sırtı yere gelmemiş bir yaşlı pehlivanın nutkunu işitmek uğruna her tür cefaya katlanmaya, her meşakkati göğüslemeye razıydılar. Bu kızıl deve üzerindeki pîr-i fâniyi dinlemek ve etrafa cömertçe saçtığı cevahirleri toplamak bir ayrıcalıktı. Bu yüzden sûk-ı Ukâz'daki kalabalığı, bunca kalabalığa rağmen meydanı kaplayan vakar ve sükûneti anlamak hiç de zor değildi. Zira kızıl deve üstündeki bu yaşlı adam, Arap'ın dâhilerinden Kus b. Saîde idi ki, az sonra dinleyenlerin asla unutamayacakları beliğ bir hutbe irad edecekti.

Tekmil Arabistan'ı kaplayan zulme, fuhşa, küfre ve şirke rağmen ve kız çocukları diri diri toprağa gömülmeye devam eder, zavallı insanlar Lât, Menât, Uzzâ ve Hubel önünde secdeye kapanırlarken bile birtakım kimseler sûk-ı Ukâz'daki söz meydanına koşmaya devam ederlerdi. Zira hiçbir zenginliği şiire tercih etmez, hiçbir vakit bir şaire hürmetsiz davranışlar sergilemezlerdi. Tam yüreklerinin derinliklerinden gelen bir saygıydı bu. Ve bu yüzden Kâbe'nin kapısını dahi muallaka-i seb'a[33] ile süsler, o kapıya astıkları şiirlerle âleme karşı övünç duyarlardı. Şiir ve hitabet değer verdikleri en üstün şeydi. Amr'a, Lebîd'e, İmruülkays'a, Tarafe'ye, Züheyr'e, Hâris'e ve Antere'ye hayrandılar. Ve dahi hatipler hatibi Kus b. Saîde'ye ...

Sûk-ı Ukâz'a gelenler arasında Kureyş'in uluları, en seçkin şair ve hatipleri de vardı tabii. Bir de şiire, hitabete, sanata, belki kısacası yürekten doğan her sese kulağını açan Ebû Kuhâfe'nin oğlu Ebû Bekir [radıyallahu anh] ve henüz kendisine namus-ı ekber olan Cebrâil'in

---

33 "Yedi askı" anlamına gelmektedir. Câhiliye döneminde Araplar'ın şiire olan saygısı oldukça fazlaydı. Düzenledikleri şiir organizasyonlarında beğendikleri ilk yedi şairin ismini ve şiirlerini bir kâğıda yazıp Kâbe'nin duvarına asarlardı (editörün notu).

[aleyhisselâm] vahiy getirmeye başlamadığı âlemlerin serveri Hz. Muhammed de [sallallahu aleyhi vesellem] vardı. Onlar da belki birbirlerinden ve tabii bütün olacaklardan habersiz, Kus b. Saîde'yi dinlemeye gelmişlerdi.

Ukâz panayırının öbür panayırlardan farkı da buydu işte. Diğer panayırlarda inciler, mercanlar, ipekli kumaşlar ve güzel kokular alınıp satılırken sûk-ı Ukâz'da kelâmın meclisi kurulur, söz alınır, söz verilirdi.

Kâinatın serveri olduğunu ve kendisine nübüvvet ihsan edileceğini henüz bilmeyen Kureyş'in emin efendisi Muhammed [sallallahu aleyhi vesellem], kızıl devesi üstünde nutkuna başlayacak olan yaşlı hatibin civarına yaklaşmış, sessizce bekliyordu. Kim bilir neler söyleyecekti Kus b. Saîde, kim bilir ne paha biçilmez hazineler sunacaktı insanlara?

Nihayet beklenen an geldi ve o güne kadar hiçbir puta tapmamakla övünen, putlar adına kurban edilmiş hiçbir hayvanın etini yemediğini ve ancak İbrahim'in [aleyhisselâm] dinine tâbi olduğunu ilandan asla çekinmeyen yaşlı hatip, etrafında biriken seçkin kalabalığı dikkatle süzdükten sonra ve belki de bu seçkin kalabalığın arasında bulunan sıkışan kâinatın nuru Hz. Muhammed'i [sallallahu aleyhi vesellem] yüreğinde hissederek nutkuna başladı.

Şimdi müşrik Araplar'ın bile ismini saygıyla andığı bir yaşlı Hanîf konuşuyordu ve onlar başları üzerinde kuş varmış gibi söylenenleri dinleyip ezberliyorlardı.

Söz, Kus b. Saîde'nin bilge kişiliğiyle bütünleşiyor, sûk-ı Ukâz'a çöken kavurucu sıcağın üzerine serin ve dost bir rüzgâr gibi esiyor, belki bir yağmur gibi çölün kavrulmuş dudaklarına âb-ı hayat sunuyordu.

İşte, Mekke'nin bu en büyük panayır meydanında Kus b. Saîde'nin sesinden başka ses kalmamış, kuş uçsa kanat sesleri duyulmaya başlamıştı:

"Ey insanlar!" diyordu yaşlı Hanîf. "Ey insanlar, geliniz, dinleyiniz, belleyiniz, ibret alınız. Yaşayan ölür, ölen fenâ bulur ve olacak mutlaka olur. Yağmur yağar, otlar biter. Çocuklar doğar ve anne babalarının yerini tutar. Sonra yer, hepsini, ama hepsini yutar. Kesilmez olayların ardı arkası. Vukuat birbirini kovalar, her şeyi birbirine katar. Kulak veriniz, dikkat ediniz. Gökte haber, yerde ibret var. Yeryüzü bir ferş-i eyvan, gökyüzü bir yüksek tavan. Yıldızlar yürür, denizler durur. Gelen kalmaz, giden gelmez. Ey insanlar ... Sorarım ki vardıkları yerden memnun mudurlar ki kalırlar orada, yoksa orada bırakılıp da uykuya mı dalıyorlar? Yemin ediyorum ki Allah'ın katında bir din vardır ve o din şimdi bulunduğunuzdan daha sevgilidir. Allah'ın gelecek bir peygamberi vardır ki gelmesi pek yakın olmuştur. Gölgesi başımız üzerindedir. Ne mutlu o kimseye ki ona iman edip de o dahi ona hidayet eyleye. Vah o bedbahta ki ona isyan ve muhalefet eyleye. Yazıklar olsun ömürleri gaflet ile geçen ümmetlere!

Ey cemaat, ey cemaat! Hani babalar, hani ecdad. Hani müzeyyen kâşâneler ve taştan haneler yapan Âd ve Semûd. Hani dünya varlığına mağrur olup da kavmine, 'Ben sizin en büyük Rabb'inizim' diyen Firavun ve Nemrûd? Daha zengin ve daha kuvvetli değil miydiler sizden? Bu yer onları da öğütmedi mi değirmeninde, toz edip dağıtmadı mı? Kemikleri bile çürüdü çoktan. Viraneler gibi ıpıssız kaldı yurtları. Yerlerini yurtlarını köpeklerden başka şenlendiren mi var şimdi? Sakın ha, onlar gibi gaflet edip yollarına sapmayın. Her şey fânidir, bilin de, Allah'tan gayrisine tapmayın. Bâki ancak Cenâb-ı Hak'tır ki 'bir'dir, şerik ve nâziri yoktur. Tapılacak ancak O'dur. Ne doğmuştur, ne de doğurmuştur. Evvel gelip geçenlerde bize ibret pek çoktur. Ölüm ırmağı akıp durur. Girecek çok yerleri var ölüm ırmağının, ama çıkacak yeri yoktur ... Büyük küçük hep göçüp gidiyor işte. Ve işte görüyorsunuz ki giden geri gelmiyor. Kati bir hükümle söylüyorum ki herkese olan bana da olacaktır, size de ..."

İşte aziz okuyucu!

Sûk-ı Ukâz'da, Kus b. Saîde bunları söyledi. Hem de geleceğini müjdelediği, gölgesi başımız üzere düşmüştür dediği âlemlerin efendisi de meclisinde hazır bulunurken, ama ondan habersiz bunları söyledi. Ve ne gariptir ki Resûl-i Ekrem'e [sallallahu aleyhi vesellem] nübüvvet ve risalet gelmeden kısa bir süre önce de vefat edip Rabb'ine kavuştu.

Aradan yıllar geçip gittiğinde, Kus b. Saîde'nin kabilesinden bir grup huzûr-ı nebeviye gelip İslâm ile müşerref olduğunda, âlemlerin serveri onlara, sûk-ı Ukâz'da dinlediği hutbeyi hatırlattı ve müjdelerin en büyüğünü vererek,

"Umarım ki Cenâb-ı Hak, kıyamet gününde Kus b. Saîde'yi tek başına bir ümmet olarak diriltir" buyurdu.

Selâm sana ey Ukâz'ın anlı şanlı hatibi!

Selâm sana gerçeğin habercisi büyük şair!

Selâm sana Resûl'ün müjdesine mazhar olan akıl, ilim ve irfan sahibi bilge adam!

Sen, İbrahim Halîlullah'ın [aleyhisselâm] dini olan Hanîf dini üzere öldün ve onca cehalete rağmen putlara meydan okuyup hakikati dile getirdin. Ya bizler neyleyelim ki nebîler nebîsi Hz. Peygamber'in [sallallahu aleyhi vesellem] apaçık irşad ve tebliğlerine rağmen din-i mübin-i İslâm'ı hakkıyla yaşamaz, günah gayyalarında[34] çırpınmaya devam ederiz.

Eyvah, Kus b. Saîde'nin öğütlerinden ibret almayanlara!

Eyvah, kâinatın serverine hakiki manada ümmet olmayı beceremeyenlere!

34 Çukur (editörün notu).

Allahüekber

179

Allah'ın aslanı ağlıyordu. Yüreğine çöken hüznü kime anlatacak, derdine kimi ortak edecekti? Bir vefalı dost, bir can arkadaş da çekip gitmişti işte. Musalla üzerinde Habbâb b. Eret'in [radıyallahu anh] cansız bedeni duruyor, sanki, "Ben, bu dünya hayhuyundan kurtuldum ya Ali!" diye sesleniyordu. "Evet, kurtuldun ey Habbâb ..." diye mırıldandı müminlerin emiri Hz Ali [kerremallahu vechehû]. "Şu devleşen acılarıyla üzerimize saldıran yabancı ve aldatıcı dünyanın hayhuyundan, bela ve meşakkatinden, dert ve eleminden, gam ve kederinden kurtuldun. Bir vahşi akbaba acımasızlığıyla saldıran kâfirler güruhundan, kor ocakta kızdırdığı kızıl demirlerle vücudunu dağlayarak işkence eden zalimler ordusundan kurtuldun. Kâinatın efendisi sevgilimizin artık soluk alıp vermediği bir dünyada yaşıyor olmaktan kurtuldun. Ne mutlu sana ey Habbâb, ey vefalı dost! Dostlara, sırdaşlara, her biri vefa hazinesi yüceler kafilesine kavuştun. Ebû Bekir'e, Ömer'e, Osman'a ve daha nicelerine [radıyallahu anhüm] ... Âh bilsen ki ben nasıl yorgun ve üzgünüm ey Habbâb! Üç talâkla boşadığım şu dünyanın kahrı, kametimi bükmeye güç yetirmesin diye nasıl direnmekte, çaba göstermekteyim. Yâ Rabbi diyorum şimdi, eğer hakkımda ölüm daha hayırlıysa, dostum Habbâb gibi beni ona kavuştur."

Sıffîn Savaşı'ndan henüz dönen Allah'ın aslanı ağlıyordu ve kendi iç dünyasında âh-ı eninini Mevlâ'sına arzediyordu. Vefat eden, kadim dostu Habbâb b. Eret [radıyallahu anh], Resûlullah'ın [sallallahu aleyhi vesellem] yakınlarından ve dahi ilk müslüman olan altı sahabeden biriydi. Sıffîn Savaşı'nı yaşamış ve işte şimdi altmış üç yaşında vefat etmişti. Az sonra cenaze namazını kıldıracak ve defninde hazır bulunacaktı. Habbâb b. Eret'in [radıyallahu anh] vefatı pek çok hâtırayı canlandırmıştı gözünde. Bir an, o çok geride kalmış yılları, belki yarım asır öncesini ve yarım asır önce yaşanan hadiseleri düşündü ...

İslâm'ın ilk yıllarıydı ve Ümmü Enmâr'ın kölesi Demirci Habbâb [radıyallahu anh] müslüman olmuştu. "Hep beklediğim, özlediğim, uğruna ağladığım şeydi bu zaten ..." demişti Habbâb [radıyallahu anh], lâkin yapayalnız bir kölenin Dârünnedve'nin yasalarına başkaldırması, zalimler güruhunu çileden çıkartmaya yetmişti. Ümmü Enmâr, yanına topladığı birtakım serkeşle demirci dükkânının kapısına dayanıp, "Müslüman oldun ha? Bunun hesabını vereceksin ..." diye bağırmaya başlamıştı. Bir yandan eline geçirdiği demir çubuklarla vuruyor, bir yandan da kendisi için yaptığı iyilikleri sayıyordu. "Sen küçücük bir çocuktun, değerinden daha fazlasını verip satın aldım seni. Sanatkâr olarak yetişmeni sağladım. Bu dükkânı açtım. Ama sen nankörlük ediyor, atalarımızın taptığı putları inkâr eden Muhammed'in dinini kabul ediyorsun!"

Habbâb [radıyallahu anh] hiçbir cevap vermiyordu. Bir köle, efendisi karşısında nasıl konuşabilirdi ki? Buna hakkı var mıydı hiç?

Dişlerini sıkıyor, kanayan yüreğine eğilerek acıyı unutmaya çalışıyordu.

"Muhammed'i ve getirdiklerini inkâr et!" diyorlardı. Etmiyordu. "Ne yaparlarsa yapsınlar!" diyordu içinden. Bu, gülüne kavuşmuş bir bülbülün dikenlerde can vermeye razı olması gibi bir şeydi. Yahut ummanına kavuşmuş bir nehrin bir daha ummandan ayrılıp kopmaması gibi bir şey.

Habbâb [radıyallahu anh], gecelerini aydınlatan sabahı bulmuşken ve uzun yıllar başını taştan taşa vurarak deryasına kavuşan bir ırmak gibi, İslâm'a kavuşmuşken, eriştiği nimeti nasıl inkâr edebilirdi ki?

Bu ağaç, taş, demir, tunç tanrılar mı saadet kaynağı?... Veyl olsun putların tümüne. Onlar ancak kendisine inanmış, yüreği kara zalimleri tutuşturacak çıradırlar belki.

Habbâb b. Eret [radıyallahu anh], bütün yalnızlığına, kimsesizliğine ve bir köle oluşuna rağmen imanında direniyordu. Bu direniş neye mal olursa olsun sabredecekti.

Bir gün onu, üzerine demirden bir zırh giydirerek kızgın kumların üstüne yatırdılar. İnkâr etmedi.

Başını kor haline gelmiş kızgın demirlerle dağladılar, inkâr etmedi.

Bir ateş yaktılar, kumlar üstünde, ateşin korlarını kum üzerine yayarak, Habbâb'ın [radıyallahu anh] çıplak sırtını yere, korlar üstüne yatırdılar. Göğsüne ayaklarıyla basıp ayağa fırlamasını önlediler. Kor, etlerini yakmaya, etlerin yağı koru söndürmeye başladığında da inkâr etmedi.

Sanki küçük, garip, güçsüz ve yaralı bir kuş yavrusu, bilgisiz, acımasız ve hırçın bir çocuğun eline geçmişti de, çocuk zavallı kuşun tüylerini yoluyor, kanatlarını kırıyor, bacaklarını eğiyor, gagasını ayırıp içine, sonuna kadar kum dolduruyordu!

Habbâb [radıyallahu anh], dişlerini sıkar ve acının sınırları aştığı anlarda Rabb-i Zülcelâl'ine sığınırdı. Rahmân olan O'ydu, Rahîm olan, Kahhâr ve Cebbâr olan. Elbette bir gün gelecek, intikamını alacaktı bu zâlimlerden ...

Resûl-i Ekrem'in [sallallahu aleyhi vesellem] huzuruna gitti.

Allah'ın sevgili elçisi de hüzün içinde, ridâsına bürünmüş, ridâsını başına çekmiş, Beyt-i Atîk Kâbe'nin duvarına dayanmış duruyordu. Kim bilir neler düşünüyor ve kim bilir ashabının uğradığı işkenceler sebebiyle ne büyük acılar duyuyordu ...

Habbâb [radıyallahu anh], önünde diz çöktü ve yalvardı:

"Allah'ın sevgili elçisi! Ne olur bize dua etsen. Allah'ın yardımı erişse bize."

Kâinatın efendisi ashabının yüzüne baktı. Çektiği acıların izlerini gördü ve erişilmez şefkatiyle, mübarek dudaklarından şu cümle döküldü:

"Allâhümme'nsur Habbâben!..." Yani, A, Habbâb'a yardım et ...

Resûlullah'ın [sallallahu aleyhi vesellem] bu duası üzerinden birkaç gün ya geçmiş ya geçmemişti ki Habbâb'ın [radıyallahu anh] efendisi ve kazandığı bütün paraları elinden alarak sahiplenen işkenceci Ümmü Enmâr hastalandı. Bu öyle bir hastalıktı ki Ümmü Enmâr başının ağrısından tıpkı köpekler gibi uluyarak bağırıyordu ... Hekimler kendisine, dağlanmayı ilaç olarak tavsiye ettiler.

Ümmü Enmâr, kölesi Habbâb'ın [radıyallahu anh] demirci dükkânına gelerek, ondan kendisini dağlamasını istemeye başladı!

Birkaç gün önce Habbâb'ın [radıyallahu anh] işkence olsun diye başını dağladığı demirler, şimdi Ümmü Enmâr'ın başını dağlamakta, acıdan ne söyleyeceğini bilemez hale getirmekteydi.

Yüceler yücesi Allah [celle celâluhû] nelere kadir değildi ki?

Allah'ın aslanı Hz. Ali [kerremallahu vechehû] ayağa kalktı. Gittikçe büyüyen kalabalığı ve kendisini taziyeye gelen arkadaşlarını gördü. Nihayet cenaze namazı için saf bağlandı ve Emîrü'l-mü'minîn Hz. Ali [kerremallahu vechehû], Habbâb b. Eret'in [radıyallahu anh] cenaze namazını kıldırmak üzere tekbir aldı.

"Allahüekber ..."

Bu ses, tüm müstekbirlerin boyunlarını kırmak ve yeryüzünde köle düzenlerinin devamını isteyen zalimleri kahretmek için üst üste birkaç kez tekrarlandı. Hâlâ da tekrarlanıp duruyor.

Son sözümüz âlemlerin Rabb'i olan Allah'a hamdetmektir.

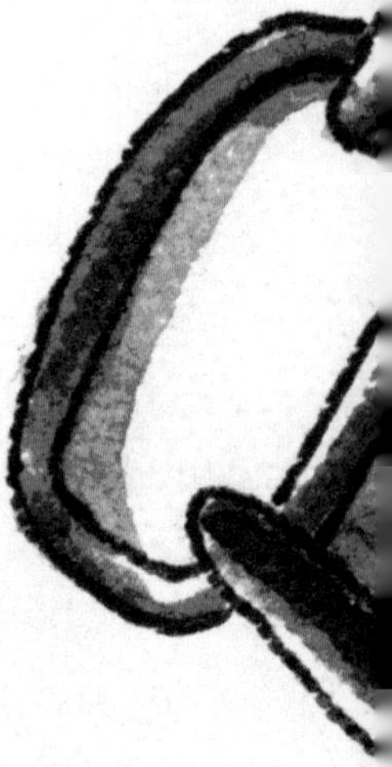